Michel entre deux feux

Georges Bayard

Michel entre deux feux

Illustrations de Philippe Daure

HACHETTE
Jeunesse

SÉRIE *MICHEL* DANS LA BIBLIOTHÈQUE VERTE

Michel entre deux feux
Michel et les routiers
Michel et le rapport secret
Michel fait un rallye
Michel poursuit des ombres
Michel à la fontaine du Diable
Michel et les castors du Rhône
Michel et les casseurs
Michel chez les trotteurs
Michel à Rome
Michel et la voiture fantôme
Michel et le trésor perdu
Michel chez les gardiens
Michel et la falaise mystérieuse
Michel et monsieur X
Michel fait mouche
Michel fait surface
Michel mène l'enquête

Hachette, 79, boulevard Saint-Germain, Paris VIe

Chapitre 1

Le train s'ébranla lentement. Sur le quai de la gare de Chérac, les voyageurs, peu nombreux, attendirent qu'il eût libéré le passage sur la voie pour se diriger vers la sortie.

Trois garçons d'environ quinze ans étaient en train de charger des sacs de camping sur leur dos. Un peu à l'écart, un garçon et une fille d'une dizaine d'années, pareillement blonds, le visage parsemé de taches de rousseur, s'emparaient de sacs moins volumineux.

Les cinq voyageurs franchirent les derniers le portillon qui donnait accès à une petite place sur le côté de la gare.

Rangée le long du trottoir, une voiture d'un modèle désuet attendait. Un homme brun, nu-tête, vêtu d'un costume fatigué, se tenait au volant. Lorsque les jeunes gens passèrent à côté de la voiture, il ouvrit brusquement sa portière.

« Vous êtes les invités du professeur Radier ? » demanda-t-il.

Un peu surpris, interloqués, même, les cinq s'arrêtèrent.

« Oui, monsieur, répondit un grand brun, aux cheveux légèrement ondulés. Je suis Michel Thérais.

— Je suis Fernand Lenvace, assistant du professeur Radier. »

Tour à tour, les garçons se présentèrent. Le blond aux cheveux courts était Daniel Derieux, le cousin de Michel. Son visage rond le faisait paraître plus jeune. Le second garçon brun, qui dépassait les cousins d'une tête, était Arthur Mitouret, un jeune mécanicien, ami de toujours de Michel et de Daniel. Quant au jeune garçon et à la fillette c'étaient des jumeaux, frère et sœur de Michel.

« Je me demande si nous allons arriver à caser tous vos sacs dans la guimbarde ! dit Lenvace.

— C'est un modèle qui a dû être moderne il y a au moins une cinquantaine d'années ! » fit observer Arthur.

Lenvace éclata de rire.

« Je vois que vous êtes connaisseur ! constata-t-il. Le professeur Radier est ce que j'appellerai un conservateur, sans donner au mot la moindre signification politique ! Je veux dire par là que M. Radier est un homme très agréable à vivre, mais qu'il est affligé d'une manie : il ne parvient jamais à se séparer des objets qui lui sont familiers. Pour lui, la nouveauté, dans tous les domaines, voilà l'ennemi ! Il est vrai que l'archéologie n'est pas précisément « moderne », sauf parfois en ses méthodes.

— Mlle Radier nous avait écrit qu'elle viendrait nous chercher! dit Michel.

— Heureusement qu'elle a changé d'avis, répliqua Lenvace. Sinon j'aurais été contraint de faire deux voyages! Voyons ce que nous pouvons faire avec vos bagages!»

Descendu de voiture, Lenvace examina tour à tour le volume des sacs et la galerie, d'une hauteur disproportionnée par rapport à la taille du véhicule.

«Hum... Nous devrions arriver à tout caser!»

Les sacs furent entassés entre les ridelles de ce qui ressemblait à une grande cage, sur le toit de la voiture. Les amortisseurs *à lames* fléchirent nettement.

«Je vais devoir rouler lentement! remarqua Lenvace.

— Peut-être pourrions-nous aller à pied? suggéra Michel.

— Pas du tout! D'ailleurs, la villa du professeur n'est pas en ville... mais à l'opposé, en pleine campagne. Et si nous voulons arriver là-bas à temps pour le déjeuner, mieux vaut que vous montiez!»

Michel occupa le siège à côté du conducteur et prit sa sœur Marie-France sur les genoux. Daniel et Arthur montèrent à l'arrière et Yves se glissa entre eux.

La voiture oscilla tandis que le moteur se mettait en route. Elle démarra dans un grincement de vitesses qui fit grimacer Arthur.

«La boîte a besoin d'une sérieuse révision! remarqua-t-il. Il est vrai que l'on ne doit pas trouver facilement des pièces de rechange pour un modèle aussi ancien!

— Le professeur s'est assuré les services d'un vieux mécanicien qui cultive la même passion que lui pour les antiquités. Si bien que ce mécanicien fabrique à la main les pièces qui viennent à céder!

— Tout à fait comme le père Arsène, mon patron! dit Arthur. S'il y avait beaucoup de gens comme eux, les usines d'automobiles pourraient fermer leurs portes!»

La voiture pénétra dans la ville où la circulation n'était pas très dense. Elle attira pourtant la curiosité des passants.

«Nous avons toujours le même succès à chacune de nos sorties», constata Lenvace, en riant.

Il est vrai qu'à chaque feu rouge, le véhicule repartait dans un concert de grincements qui pouvait alarmer les autres conducteurs!

«Possédez-vous quelques notions d'archéologie? demanda Lenvace.

— Heu... A vrai dire... tout à fait théoriques! reconnut Michel.

— C'est sans importance, d'ailleurs, reprit l'homme. M. Radier a surtout besoin de bras... et de gens capables de déplacer une pierre avec soin sans faire tomber le reste des ruines! L'abbaye est son dada, si j'ose m'exprimer ainsi. Il faut dire qu'elle en vaut la peine!»

Ils sortirent bientôt de la ville. Les garçons constatèrent que la banlieue était envahie d'immeubles en béton, dont la forme et la taille juraient avec celles, pleines de poésie, des maisons anciennes que l'on venait de quitter. De nombreux chantiers étaient en cours, hérissés de grues, encombrés de montagnes de sable, de piles de parpaings, et de bottes de fer à béton.

« Voilà ce qui a fait du calme professeur Radier, une sorte d'animal enragé, avec tout le respect que je lui dois. Savez-vous que le site de la vieille abbaye est cerné au plus près par trois de ces horreurs ?... Sur le papier en tout cas ! C'est pour cette raison que M. Radier a accepté la présidence d'un Comité de défense. Les projets sont suspendus jusqu'à ce qu'une enquête permette de classer le site. Si cette décision était prise, on ne pourrait rien construire à moins de cinq cents mètres du lieu ! Seulement, il faudrait pour cela que les recherches effectuées par le professeur parviennent à donner suffisamment d'importance aux ruines et que l'on accepte de les classer ! »

Après le dernier chantier, la voiture roula encore un kilomètre environ avant de s'arrêter devant la barrière de bois d'une villa d'aspect vieillot. Lenvace descendit, ouvrit la barrière, et la voiture roula jusqu'à un perron de brique rose.

Devant la villa s'étendait une pelouse partagée par une allée sablée. Sur la partie droite, une tonnelle délabrée semblait ne tenir debout que grâce à l'abondante végétation fleurie qui envahissait ses croisillons de bois.

La porte de la villa s'ouvrit. Une jeune fille blonde apparut, un sourire aux lèvres. Elle était grande et élancée ; une robe de toile blanche faisait paraître encore plus hâlés ses bras nus et son visage. La silhouette était sportive.

« Soyez les bienvenus chez nous ! » dit-elle, lorsque les passagers eurent réussi à s'extraire de la voiture.

Elle serra vigoureusement la main des trois garçons et se pencha pour embrasser les jumeaux.

« Qu'ils sont mignons ! » s'exclama-t-elle sans remarquer la contrariété que cette affirmation faisait naître sur le visage d'Yves et de Marie-France.

Lenvace s'affaira à décharger les bagages.

« Nous avons pensé que nous devions vous installer commodément, dit la jeune fille. Nous avons deux excellentes chambres au sous-sol, avec une salle d'eau. En cette saison, c'est réellement la partie la plus fraîche de la maison ! »

Les jeunes gens se sentaient légèrement embarrassés, comme souvent lorsqu'on arrive dans une maison inconnue.

Les cinq suivirent Lenvace qui leur montra leurs chambres : une pour les jumeaux, une pour les grands. Chambres séparées par une salle d'eau. Un long couloir desservait le tout. Deux portes donnaient accès, l'une au jardin de devant, l'autre à un verger situé derrière la maison.

« Eh bien, je vous laisse ! dit Lenvace. Le déjeuner sera servi dans une demi-heure. S'il vous manque quelque chose, du linge ou quoi que ce soit, dites-le à Mlle Sophie ! »

Les jumeaux se mirent à ranger leurs affaires à mesure qu'ils les tiraient de leurs sacs. Une armoire rustique leur offrait des rayons et une penderie.

« Je me demande si nous allons nous amuser ! dit Yves. Ils n'ont pas l'air très gais, la demoiselle et l'assistant ! »

Marie-France haussa les épaules.

« Nous ne sommes pas venus ici pour nous amuser, tu le sais bien ! Mais pour sauver l'abbaye !

— Bien sûr, reconnut Yves. Mais ça n'empêche rien ! »

Bientôt les jumeaux ne surent quoi faire. Ils n'avaient emporté aucun livre, et la chambre, si elle était confortable, n'offrait aucune possibilité de jeu.

« Tu n'as rien remarqué, lorsque le chauffeur a ouvert la porte du jardin ? demanda Marie-France.

— Remarqué quoi ? La tonnelle ? »

Marie-France haussa les épaules.

« Pas de ce côté, de l'autre... »

Yves fit un effort pour se montrer à la hauteur de l'esprit d'observation de sa sœur. Mais il dut reconnaître qu'il n'avait rien remarqué.

« Dans le verger... il y a un cerisier couvert de cerises ! dit la fillette. Je croyais que tu aimais les cerises ?

— Bien sûr...

— Alors, allons donc en cueillir quelques-unes ! Pas beaucoup, puisque nous déjeunerons bientôt !

— Tu crois que nous pouvons ? murmura Yves.

— Bien sûr, nous sommes chez un ami de papa ! Un camarade d'école, même, si tu veux savoir! On peut bien aller manger quelques cerises!»

Yves n'osait jamais contredire ouvertement sa sœur. Il la suivit donc, sans trop de regrets, dans le verger.

*
* *

Les grands, eux, en avaient également fini avec les bagages.

«Je suis un peu surpris, remarqua Michel, je m'attendais à rencontrer une Sophie Radier plus jeune! D'après ce que m'avait dit papa, du moins!

— Hé, elle n'est pas si vieille que ça! protesta Arthur.

— Non, mais je lui trouve un visage qui ne correspond pas à ses dix-huit ans!

— Remarque, elle prend visiblement un grand nombre de bains de soleil! C'est peut-être ça qui lui ride un peu la peau? suggéra Daniel.

— Moi, ce qui me plaît, c'est la voiture! dit Arthur. Pour un peu, elle aurait pu aller à Rome avec nous[1]!

— On peut dire qu'elle roule par miracle! plaisanta Michel. J'ai hâte de rencontrer le professeur. Papa m'a dit que c'était déjà un original quand ils étudiaient ensemble, mais à ce point!

— Lenvace n'y connaît pas grand-chose en mécanique, reprit Arthur. Il fait grincer les vitesses que c'en est une véritable catastrophe!

---

1. Voir *Michel fait un rallye.*

— Tu devrais lui donner quelques leçons de conduite!» suggéra Daniel.

Les garçons bavardèrent ainsi un moment. Puis, voyant que le déjeuner allait être servi dans une dizaine de minutes, Michel proposa d'aller prendre l'air sur la pelouse.

«La tonnelle me paraît extraordinaire! dit-il. Vous avez vu toutes ces fleurs?»

Ses compagnons le suivirent. Michel, en passant, ouvrit la porte de la chambre des jumeaux et constata qu'ils étaient absents.

«Ils doivent avoir faim, dit-il. Peut-être sont-ils déjà en train de rôder près de la cuisine!»

La tonnelle tenait vraiment debout on ne savait comment! Les panneaux de lattes qui n'avaient pas été peints depuis longtemps, semblaient s'appuyer sur un mât central, lequel ne paraissait pas non plus de la première jeunesse.

Les garçons s'approchèrent, et Michel tendit la main pour toucher une latte de bois. Il ne l'avait pas atteinte qu'une sirène aiguë se fit entendre du côté de la villa. Une porte claqua, quelque part. On entendit des exclamations. Michel était resté la main tendue, un instant, complètement abasourdi.

La sirène s'arrêta. Michel fit une nouvelle tentative pour toucher le morceau de bois... Cette fois, la sirène resta muette.

«Je n'y comprends rien!» murmura-t-il.

Mais la vue des jumeaux et de Sophie Radier, qui survenaient de l'arrière de la villa, le tira de sa surprise.

Tout de suite, à l'allure penaude de son frère et de sa sœur, Michel devina qu'ils venaient de commettre une sottise. Il s'avança à la rencontre des arrivants.

Chapitre 2

Visiblement Sophie était mécontente. Pourtant, elle réussit à sourire en rejoignant les garçons.

« Je suis absolument désolée, dit-elle. J'aurais dû vous avertir. Mais je ne pensais pas qu'à peine arrivés, vous iriez dans le verger.

— Je ne comprends pas... » répondit Michel.

La jeune fille sourit plus largement.

« Il faut que vous sachiez que le laboratoire de papa est situé au fond du verger. Comme il effectue actuellement des recherches importantes, très secrètes, il a fait installer un système d'alarme électronique... ce que l'on appelle un détecteur de passage, je crois. »

Michel sourit à son tour. Il venait de comprendre.

« Et ces jeunes étourdis se sont trop approchés du laboratoire. Ils ont déclenché la sirène d'alarme. C'est bien ça ?

— Exactement ! répondit la jeune fille.

Ce n'est pas grave, sinon que cela a dû alarmer mon père qui est très émotif.

— Le plus drôle, dit Michel, c'est que j'ai cru que c'était moi qui avais déclenché le système! En approchant de la tonnelle!»

Le visage de Sophie se rembrunit.

«Ne vous en approchez pas trop, conseilla-t-elle. Elle est vraiment délabrée. Elle ne tient que par miracle!»

Puis la jeune fille annonça qu'il était l'heure de déjeuner et elle entraîna tout le monde dans la maison.

La salle à manger était vaste et fraîche. Mais son aspect surprit les jeunes gens. Elle était encombrée de meubles de tous styles, tous très anciens.

Lenvace parut bientôt, précédant de peu un homme maigre et assez grand. L'abondante chevelure blanche, qui laissait le front dégarni jusque vers le milieu du crâne, encadrait un visage très pâle. Les yeux clairs disparaissaient presque entièrement derrière d'épaisses lunettes.

L'homme donnait l'impression d'être ébloui par la lumière. Il regarda autour de lui comme s'il hésitait.

«Père, voici les enfants de votre ami, M. Thérais», dit Sophie.

M. Radier tendit la main gauche aux jeunes gens, qui remarquèrent que la droite portait un pansement.

«Ah!... Eh bien... qu'ils soient les bienvenus dans cette maison! Pardonnez-moi de vous donner la main gauche... Un stupide accident...»

Sophie distribua les places. Michel put

constater que certaines assiettes étaient ébréchées. Il sourit en se souvenant de ce que l'assistant avait dit sur la manie du savant de conserver les vieilles choses.

« J'espère que mon ami Thérais va bien ? s'enquit M. Radier.

— Très bien, merci, monsieur. Mon père vous envoie son meilleur souvenir ! »

Michel remarqua que le professeur n'avait pas souri. Il semblait en proie à une profonde préoccupation.

« Peut-être la fameuse distraction des savants ? » se dit le garçon.

Le repas fut servi par une dame d'une cinquantaine d'années dont le visage marquait la même sévère indifférence que celui du professeur. Lenvace la présenta : Mme Limosin, la fée de cette maison !

Le jeune assistant et Sophie firent d'ailleurs tous les frais de la conversation. A plusieurs reprises, la jeune fille intervint pour prier son père de manger davantage.

« Vous travaillez trop, papa, dit-elle. Vous devriez ménager votre santé ! Ou du moins reprendre des forces à table ! »

Le professeur Radier ne répondait pas. Il se contentait de hocher la tête sans que ce geste signifiât quelque chose. On eût pu croire que la sollicitude de sa fille l'agaçait passablement.

Ce fut seulement au dessert que Sophie posa la question importante.

« Quand pensez-vous commencer les recherches à l'abbaye, père ? » demanda-t-elle.

Le professeur parut sortir d'une pro-

fonde rêverie. Il regarda autour de lui comme pour savoir de quoi il retournait. Son attitude devenait gênante pour les jeunes gens.

Sophie répéta patiemment sa question.

« L'abbaye ?... Bien sûr... Nous commencerons demain ! dit Radier. Vous pourriez faire une petite reconnaissance cet après-midi, les enfants ! Sophie et Lenvace vous accompagneront ! mais faites très attention aux éboulements ! Je serais navré qu'il vous arrivât quelque accident pendant votre séjour ici ! »

Dès la fin du repas, le savant grommela une excuse et déclara qu'il devait retourner travailler. Lenvace s'empressa de l'accompagner et revint quelques minutes après.

« Les travaux du professeur sont donc si importants que son laboratoire doive être protégé par un système d'alarme ? demanda Michel.

— J'avoue que j'ignore totalement à quoi papa peut bien travailler, dit la jeune fille. Mais il a beaucoup insisté pour que l'on installe cette protection.

— Elle est efficace en tout cas ! » dit Daniel.

Les jumeaux ne parurent pas enchantés par ce rappel de leur maladresse. Sophie s'en aperçut.

« Que cela ne vous empêche pas de goûter aux cerises, dit-elle. Mais n'approchez pas du laboratoire à moins de cinq mètres ! Si vous le voulez bien, dans une demi-heure nous nous rendrons à l'abbaye, pour la première visite ! »

Les jeunes gens prirent le parti d'aller dans leur chambre, en attendant leur départ.

Marie-France et Yves vinrent bientôt les y rejoindre.

« Ah ! voici les dangereux espions qui voulaient dérober l'invention du professeur ! » s'exclama Daniel.

Les jumeaux accueillirent cette plaisanterie avec un haussement d'épaules.

« Michel, je voulais te dire quelque chose... dit Marie-France.

— Eh bien, je t'écoute...

— Tu sais... Au moment où la sirène a retenti... Eh bien, Lenvace a surgi de la maison, et il avait un fusil à la main ! »

L'affirmation provoqua un silence étonné.

« Un fusil ? répéta Michel. Tu dois confondre ! Un bâton peut-être, ou une canne ?

— Tu ne nous crois jamais ! riposta la fillette. Je sais bien reconnaître un fusil, quand même ! Dès qu'il a vu que c'était nous qui étions près du laboratoire, il est rentré dans la maison en essayant de cacher son fusil contre lui, comme s'il ne voulait pas que nous l'apercevions !

— De mieux en mieux ! plaisanta Michel, enfin, peut-être avez-vous raison. La sirène déclenche peut-être un dispositif de défense dont Lenvace fait partie. Lenvace et son fusil !

— Ça ne t'étonne pas, toi, ce dispositif de défense pour un laboratoire ? demanda Arthur à son ami. Il faut que les recherches du professeur soient drôlement importantes. Tu le disais à propos du système d'alarme, mais si les jumeaux ont bien vu...

— Tu as raison. D'ailleurs, rien ne nous empêche de parler de ça avec Sophie, tout à l'heure. Nous verrons bien ce qu'elle en dira!»

*
* *

Les jeunes gens éprouvèrent une certaine déception en découvrant le site de l'abbaye. Ils s'étaient attendus à une construction importante, en ruine, certes, mais gardant quand même quelques murs.

Ils arrivèrent sur un chantier où des tas de pierres taillées, disposées avec soin, entouraient une excavation d'une dizaine de mètres carrés. Sur un poteau, un panneau portait l'inscription *Entrée interdite*. Un escalier de briques usées descendait le long d'un mur. Sophie y entraîna ses compagnons.

Ils aboutirent sur un sol plat, poussiéreux mais soigneusement débarrassé de toutes ses pierres. Une galerie s'ouvrait au niveau du sol et s'enfonçait dans l'épaisseur d'un mur. Elle était soutenue par un boisage comparable à celui utilisé dans les mines.

«Je n'ai pas emporté de lampe, dit Sophie, nous ne pouvons pas pénétrer plus avant. Mais ce n'est qu'une reconnaissance!

— Et que trouve-t-on dans cette galerie? demanda Michel.

— Pour l'instant, rien, à vrai dire! reconnut la jeune fille. Mais le professeur est sûr qu'en dégageant un éboulis important qui l'obstrue, il aboutira à une crypte recélant des choses intéressantes!

— L'abbaye date de quelle époque?» s'enquit Daniel.

La jeune fille réfléchit.

«Il semble que les premiers éléments de la construction datent du XIIe siècle. Elle aurait été détruite une première fois — invasion ou incendie, on ne sait pas, la chronique locale est muette là-dessus. Puis, au XVe siècle, elle aurait été reconstruite par un ordre monastique disparu depuis. Les Constantins. Mais papa estime que l'abbaye devrait donner la solution de la fameuse énigme du Temple. Vous savez, l'inexplicable disparition de Louis XVII! Il a trouvé dans la chronique locale un document datant de 1795 et qui mentionne la venue à l'abbaye d'une mystérieuse charrette, quelques jours après la mort supposée du jeune Dauphin, à la prison du Temple. Et mon père est persuadé que cette charrette amenait le Dauphin qui aurait été ainsi sauvé en se cachant parmi les moines. Il est d'autant plus convaincu d'une présence étrangère dans cette abbaye que le père abbé, après avoir longtemps refusé, a soudainement accepté à cette période-là de jurer fidélité à la Constitution civile du clergé. Comme s'il avait voulu éviter à son établissement la curiosité des agents locaux du gouvernement de l'époque!»

Pendant cette conversation, les jumeaux s'étaient approchés de l'entrée de la galerie. Celle-ci pouvait avoir deux mètres de large. Le boisage limitait sa hauteur à un peu plus de deux mètres. De solides rondins, dressés verticalement, retenaient des poutres horizontales sur lesquelles on avait glissé des planches. Là où le plafond était encore suffisamment solide, on n'avait pas boisé. On pouvait apercevoir la voûte, en ogive, construite en briques.

La galerie n'était droite que sur quelques mètres. Elle tournait ensuite vers la gauche, si bien qu'il n'était pas possible d'apercevoir la suite.

Les jumeaux contemplaient le boisage avec une attention un peu craintive.

Tout à coup, Marie-France tira son frère par le bras. Elle l'éloigna de l'ouverture et se pencha à son oreille.

« Tu as vu ? » murmura-t-elle.

Yves, surpris par le ton ému de sa sœur, éprouva une vague crainte.

« Vu... quoi ?

— Attends, va jeter un coup d'œil dans la galerie ! »

Il obéit à contrecœur, en se demandant ce que sa sœur pouvait bien avoir découvert.

Chapitre 3

Yves risqua un œil. Le passage semblait vide. Il examina le boisage, celui-ci avait l'air normal, en bon état. Le sol poussiéreux ne gardait nulle empreinte.

« Mais qu'est-ce qu'il faudrait que je voie ? » se demanda le garçon, perplexe.

« N'entrez surtout pas dans la galerie ! » s'écria au même moment Sophie qui venait de découvrir son manège.

Il se retira aussitôt et rejoignit sa sœur.

« Alors ? demanda celle-ci. Il y est encore ? Tu l'as vu, toi aussi ? »

Yves écarquilla de grands yeux et secoua la tête négativement.

« Si tu me disais, enfin, ce qu'il se passe ? protesta-t-il. Je n'ai rien vu du tout ! »

Marie-France haussa les épaules.

« Il y a un homme, au fond du couloir ! dit-elle à voix basse.

— Un... homme ? répéta Yves.

— Oui, il a passé la tête, au moment où je regardais et il s'est retiré tout de suite ! Il ne voulait pas qu'on le voie, j'en suis sûre !

— On le dit à Mlle Sophie ? suggéra Yves.

— Peuh... Tu sais bien que les grands ne nous croient jamais. Et puis, c'est sûrement un simple curieux qui ne veut pas avoir d'ennuis. A cause de la pancarte *Entrée interdite !* »

Cependant, Sophie avait achevé ses explications sur le but des travaux entrepris à l'abbaye par le professeur Radier. Au moment où elle donnait le signal du départ, une violente explosion retentit, si inattendue que les jeunes gens en restèrent bouche bée. Le sol avait tremblé sous leurs pieds et un épais nuage de poussière sortait à présent de la galerie.

La jeune fille sourit de la surprise de ses compagnons.

« Ce n'est rien, leur dit-elle. Ce sont les constructeurs qui creusent les fondations d'un nouvel immeuble. Quand ils rencontrent un rocher, ils le font sauter à la dynamite. C'est d'ailleurs en partie pour cette raison que papa a fait renforcer si solidement la voûte de la galerie. »

Tous remontèrent à l'air libre.

Sophie déclara qu'elle avait du travail et que les jeunes gens étaient libres d'occuper leur temps comme ils l'entendaient.

Michel, Daniel et Arthur décidèrent d'aller acheter quelques cartes postales du pays, et de visiter en même temps la ville. Les jumeaux déclarèrent qu'ils préféraient rester au jardin. Mais, aussitôt seuls, ils se mirent très vite d'accord.

« Nous, on va surveiller un peu l'abbaye, dit Marie-France.

— Il faudra bien que notre homme en sorte!» ajouta Yves.

Ils s'assurèrent qu'on ne les observait pas des fenêtres de la villa, puis ils gagnèrent la limite de la pelouse où se dressait la tonnelle et se postèrent derrière la barrière.

L'abbaye se trouvait à quelques centaines de mètres de là, mais le terrain était assez dégagé et la vue excellente. Après avoir exercé leur surveillance pendant plusieurs minutes, les jumeaux éprouvèrent une certaine fatigue à toujours fixer le même point. Aussi décidèrent-ils de se relayer. L'un restait à la barrière, au poste d'observation, l'autre se distrayait en se promenant dans le jardin.

C'est ainsi qu'Yves fut amené à s'approcher de la tonnelle. Se souvenant de l'avertissement donné par Sophie, le garçon se garda bien d'y pénétrer. Il la contourna et fit alors une curieuse découverte. Les fleurs qui enlaçaient les panneaux de bois n'étaient pas plantées dans le sol comme on aurait pu le croire, mais dans des pots de terre posés à même le sol.

« Tiens, se dit-il, je n'ai jamais vu des plantes grimpantes placées ainsi!»

Il examina les plantes et constata qu'elles ne paraissaient pas entrelacées sur le lattis comme cela se serait produit si elles avaient poussé normalement : elles semblaient plutôt plaquées sur les barres de bois. Seules quelques pousses, plus récentes, étaient réellement accrochées par des tortillons.

Le garçon allait rejoindre sa sœur pour la mettre au courant de ses observations, lorsqu'il vit remuer quelque chose, à l'intérieur de la tonnelle, au ras du sol.

Il recula en hâte, persuadé d'avoir vu briller des yeux à travers la verdure. Puis il se dit qu'il s'était trompé. Il n'y avait aucune ouverture suffisante dans la végétation pour laisser passer quelqu'un.

« C'est peut-être un chat ? » se dit-il.

Il s'éloigna et rejoignit sa sœur.

« Toujours rien, dit celle-ci. Peut-être qu'il n'en sortira pas ?

— Moi je viens de découvrir quelque chose », déclara son frère.

Et il expliqua sa découverte. La fillette n'aimait pas que son frère trouvât quelque chose d'intéressant sans qu'elle y ait pris part.

« Ce n'est pas si important que tu le crois, dit-elle. On aura voulu embellir la tonnelle avec des plantes déjà grandes pour aller plus vite.

— Mais... Et ce qui brillait ? protesta Yves.

— Tu l'as dit toi-même, c'était sûrement un chat ! »

Yves commençait à regretter d'avoir fait part à sa sœur de sa découverte lorsqu'une nouvelle explosion les fit sursauter tous les deux.

Mais ce qu'ils aperçurent en regardant du côté de l'abbaye les surprit plus encore. Un nuage de poussière considérable s'élevait au-dessus des ruines.

« Tu as vu ? murmura Yves. La poussière ? »

Presque aussitôt, la porte de la villa

s'ouvrit et Sophie parut, bientôt suivie par Lenvace.

Du perron, ils constatèrent eux aussi la présence du nuage au-dessus des ruines. Une vive discussion parut s'engager entre eux, puis Lenvace rentra dans la maison. Sophie se dirigea le plus vite qu'elle put vers les ruines, sans même apercevoir les jumeaux, dans le coin du jardin, près de la barrière.

« Pourquoi va-t-elle aussi vite ? murmura Marie-France. Tu crois que l'explosion a vraiment eu lieu là-bas ?

— Probablement ! Mais je me demande pourquoi c'est elle qui s'en va et non pas le chauffeur !

— Ce n'est pas le chauffeur, d'abord, c'est l'assistant du professeur !

— C'est la même chose ! En tout cas, si tu ne t'es pas trompée tout à l'heure, il y a maintenant quelqu'un qui est prisonnier dans la galerie !... Si la poussière provient bien d'un effondrement ! »

Marie-France réfléchit, mais, à son habitude, elle ne parvint pas à admettre que son frère puisse avoir raison... avant elle.

« Un effondrement ? Comme tu y vas ! Et pourquoi y aurait-il eu un effondrement ? »

Yves fut agacé par la mauvaise foi de sa sœur.

« Et la poussière alors ? » dit-il sans grande conviction.

Le retour des « grands » modifia la situation. Eux aussi avaient entendu l'explosion et aperçu le nuage de poussière.

«C'est à l'abbaye! déclara Marie-France. Sophie est partie là-bas en courant!

— Sophie? Et Lenvace? demanda Daniel.

— Lenvace est resté dans la maison!»

La nouvelle surprit les garçons.

«Je me demande pourquoi Lenvace est plus souvent à la villa qu'au labo! dit Michel. Pour un assistant...

— Il n'assiste pas beaucoup!» compléta Arthur.

Mais ils ne discutèrent pas longtemps : un bruit de moteur retentit de l'autre côté de la maison. Un bruit de moteur emballé!

Un instant immobilisés par la surprise, les garçons se précipitèrent dans le verger. Ils n'allèrent pas loin, car ils découvrirent aussitôt une forme allongée sur le sol de l'allée.

«Lenvace! s'exclama Daniel. Qu'est-ce qu'il fait là?»

L'homme était inanimé, les yeux clos. En se penchant sur lui, Michel fit une découverte surprenante : une cartouche de chasse gisait sur le gravier, à proximité de l'une des poches de son veston.

Michel courut vers la villa, emplit une casserole d'eau fraîche, dans la cuisine, trouva un torchon propre et revint vers Lenvace. Il tamponna le visage de l'homme avec le linge humide.

Sophie surgit tout à coup et, le visage déformé par la surprise, elle s'agenouilla près de Lenvace. Puis, sans un mot, elle courut vers le laboratoire.

Michel s'attendait que le système d'alarme se déclenchât à cette approche. Il n'en fut rien.

Lenvace ouvrit les yeux, les referma, gémit doucement et porta une main à sa nuque.

Il essaya de se relever mais il ne parvint qu'à s'asseoir, soutenu par Michel et par Arthur.

« Le laboratoire ? » demanda l'assistant d'une voix faible.

Les garçons ne surent que répondre. Sophie revint, visiblement accablée.

Lenvace la regarda, une intense curiosité dans les yeux.

« La porte a tenu bon, dit-elle. Ils en sont pour leurs frais ! Vous avez été assommé, mon pauvre Fernand. Surtout, que papa ne sache rien de tout ça ! »

L'assistant, toujours soutenu par les garçons, put regagner la villa où il s'allongea sur un divan. Michel avait pu constater, en soutenant l'homme, que la poche de sa veste contenait d'autres cartouches de chasse. Où était donc passé le fusil ? Il paraissait étrange que Lenvace eût des cartouches sur lui sans avoir d'arme !

Sophie, lorsqu'elle eut installé le jeune homme, entraîna les garçons dans la salle à manger.

« Je crois que je dois vous donner des explications », leur déclara-t-elle.

Elle paraissait embarrassée.

« Je dois tout d'abord vous demander la discrétion la plus absolue, dit-elle. Les recherches du... de papa sont si importantes que des espions s'y intéressent depuis un moment. Fernand Lenvace n'est pas l'assistant de papa. C'est un agent des services de contre-espionnage français qui surveille le laboratoire et protège papa. Comme vous l'avez vu, il vient de se faire attaquer et assommer. Quelqu'un a voulu ouvrir la porte du laboratoire par effraction. Sans succès, heureusement!

— Mais... nous n'avons pas entendu la sirène! remarqua Michel.

— Mais... c'est vrai! Je croyais que Fernand l'avait neutralisée! Or, il n'a pu le faire puisqu'il était assommé! Nos adversaires connaîtraient donc notre système d'alarme? Je vais tout de suite vérifier!»

La jeune fille s'absenta quelques instants. Lorsqu'elle revint vers les jeunes gens, son visage était plus crispé encore.

«C'est bien ce que je pensais, dit-elle, quelqu'un a neutralisé le système électronique! Il va falloir le changer et le dissimuler autrement! Mais comment cela a-t-il été possible?

— Vous allez prévenir la police? demanda Daniel.

— La police? Certainement pas! Fernand préviendra son service, dès qu'il sera remis. La gendarmerie n'a rien à voir dans cette affaire!»

Le silence régna un instant, puis Michel reprit :

«Alors que nous revenions de la ville, nous avons entendu une explosion... Et tout de suite après, un grand nuage de poussière s'est élevé d'un endroit qui nous a semblé être l'abbaye?

— C'est exact, dit la jeune fille. J'ai vu moi aussi la poussière et je suis allée là-bas.

L'explosion qui a eu lieu sur un chantier a fait s'écrouler une partie de la galerie. Papa ne sera pas ravi... Il va falloir déboucher à nouveau le passage!»

Yves et Marie-France échangèrent un regard.

«On leur dit? chuchota Yves.

— Dis-le, toi! riposta sa sœur.

— Non... toi!»

Bien qu'elle se déroulât à voix basse, la discussion fut perçue par Michel :

«Qu'est-ce que vous avez, tous les deux?»

Les jumeaux s'empourprèrent.

«C'est à cause de la galerie... finit par dire le garçon.

— Eh bien?

— Marie-France a vu un homme qui s'y cachait!»

La nouvelle surprit tout le monde.

«Quand ça? demanda Sophie.

— Tout à l'heure, pendant que nous étions là-bas tous ensemble!» répondit Marie-France.

Sophie parut en proie à une colère soudaine.

«Tu ne pouvais pas le dire tout de suite?» s'écria-t-elle.

On eût dit qu'elle allait empoigner la fillette pour la secouer. Elle parvint néanmoins à se maîtriser et déclara avec un effort visible :

«Pardonnez-moi, dit-elle, mais je suis à bout de nerfs! Nous vivons ici continuellement sous tension! Si votre sœur nous avait avertis, tout à l'heure, Lenvace ne se serait sans doute pas fait assommer et rien ne se serait passé!»

Michel réfléchit.

«Je ne vois pas bien le rapport, dit-il, entre les mines, la présence d'un homme là-bas et l'incident qui s'est produit ici!

— Evidemment, vous ne pouvez pas comprendre! Je vais vous expliquer!»

Chapitre 4

La jeune fille écarta une mèche de cheveux qui était retombée sur son front.

« Nos adversaires ont profité de ce qu'il se produit constamment des explosions sur les chantiers de construction pour faire sauter la galerie. Alertée par l'explosion, je me suis rendue là-bas, après avoir demandé à Lenvace de rester à la maison, par prudence. Cette prudence n'a pas servi à grand-chose ! Mais si nous avions su qu'un homme se dissimulait dans la galerie, nous aurions redoublé de précautions. Enfin ! Après cet échec, nous allons connaître un peu de répit, j'espère ! Nos adversaires vont certainement attendre quelques jours avant de recommencer ! »

Les jumeaux, penauds, s'étaient écartés, visiblement mécontents de la réaction de Sophie.

Michel s'en aperçut. Il alla vers eux et passa affectueusement sa main dans les chevelures blondes.

« Cessez de faire la tête, dit-il. Mais

n'essayez plus de garder pour vous une découverte de ce genre. Cela pourrait être dangereux pour tout le monde! C'est d'accord?»

Yves fit la moue, mais Marie-France finit par sourire. Elle adorait son frère aîné.

«C'est d'accord, Michel, dit-elle. Mais... tu promets que tu nous croiras et que tu ne te moqueras plus de nous?

— Promis, fillette!»

*
* *

Sophie ne s'était pas trompée. Pendant trois jours, aucun incident notable ne se produisit. Sous la conduite de la jeune fille, les «grands» travaillèrent à déboucher la galerie des pierres qui l'encombraient. Les dégâts n'étaient pas très importants. Seul le coffrage avait glissé. Un poteau s'était brisé sous l'effet de l'explosion.

Lorsque la galerie eut été déblayée, Sophie obtint d'un ouvrier d'un chantier voisin qu'il vint refaire le boisage.

Aux repas, le professeur Radier se montra toujours aussi distrait, absorbé dans ses pensées, au point de paraître complètement absent, inconscient de la présence des autres.

Lorsque Sophie lui parlait du travail qu'il devait entreprendre avec les jeunes gens, il répondait évasivement, donnant l'impression de n'avoir plus beaucoup d'intérêt pour la chose.

Le quatrième jour, pourtant, au petit déjeuner, le professeur s'attarda plus que de coutume. Son regard avait retrouvé une lueur éveillée et ses gestes étaient plus énergiques.

«Je pense que nous devrions commencer ce matin, dit-il. Qu'en pensez-vous, les garçons?

— Si vous le désirez, monsieur, c'est entendu!

— Sophie, vous garderez la maison en compagnie de Fernand!

— Vraiment, père?... Vous croyez que...?

— J'en suis sûr! Je ne suis plus un petit garçon et je n'ai besoin d'aucune surveillance! Et surtout pas de celle de ma fille!

— Ne commettez pas d'imprudence, père, insista la jeune fille. Distrait comme vous l'êtes... Enfin, le coffrage est tout neuf : si vous appliquez les règles de sécurité, vous ne risquez pas d'accident!»

Cette phrase, au sens pourtant anodin, assombrit le visage de M. Radier. Ce fut comme s'il venait d'y déceler une sorte de menace déguisée. Michel, qui s'était rendu compte du changement intervenu chez l'homme, se demanda quelle pouvait bien être la raison de cet incident. Rien, dans les paroles de Sophie, ne pouvait pourtant être assimilé à une menace.

«Je ne risquerai aucun accident, ma fille!» répliqua enfin le savant avec une gravité impressionnante.

Michel eut l'impression d'avoir assisté, pendant une minute, à une sorte de duel verbal. Il devait s'en souvenir par la suite.

Le groupe partit vers les ruines.

Sophie insista pour accompagner son

père et ses jeunes compagnons jusque dans la galerie. Elle s'assura d'un regard que le coffrage était solide et elle laissa le groupe à son travail.

Les jeunes gens firent la chaîne pour évacuer des pierres, des moellons et des briques qui encombraient une salle souterraine qui pouvait mesurer quatre ou cinq mètres de large sur cinq ou six de long. Les murs comportaient des colonnes à chapiteaux, en parfait état de conservation. Ces chapiteaux soutenaient le plafond en voûte d'arête, un plafond lézardé par endroits mais qui paraissait solide.

Dans les murs, entre les colonnes, certaines pierres étaient descellées, comme si le mortier qui aurait dû les lier ensemble avait totalement disparu. Au fond, derrière un éboulement plus important, on devinait une ouverture, sans doute l'amorce d'une seconde galerie.

Le professeur, qui portait des gants de travail en grosse toile, soulevait sans effort apparent les pierres les plus grosses et, lorsque leur poids ne permettait pas aux jeunes gens de les porter, il allait les déposer lui-même au-dehors.

Au bout d'une heure de travail, le professeur donna le signal de la pause.

« Voyez-vous, jeunes gens, dit-il, l'archéologie est la plus belle des sciences. Elle oblige à un travail physique qui vient compléter admirablement l'effort intellectuel. »

M. Radier parla ainsi pendant presque

toute la pause en vantant les mérites de l'archéologie.

« Mais tout ceci ne m'empêche pas, déclara-t-il, pour finir, d'étudier à la maison d'autres sciences dont j'ai besoin : la microbiologie, la microchimie, la microanalyse, la micrographie et j'en passe ! Je me passionne pour toutes ! »

Un peu abasourdis par le bavardage du savant, les garçons l'écoutaient poliment.

Puis, le travail reprit et, au bout d'une heure, Sophie apparut, donnant le signal du retour à la villa.

« J'ai préparé un bon goûter, dit-elle. Vous devez en avoir besoin, après tout ce travail. Je suggère que vous preniez une douche auparavant pour vous débarrasser de la poussière ! »

Les garçons se retrouvèrent au sous-sol et, chacun son tour, ils se livrèrent au plaisir de la douche.

Michel, un moment, se trouva seul avec Arthur.

« Tu y as compris quelque chose, toi, à tous ces trucs en micro ? demanda Arthur.

— Heu... pas tellement, je n'écoutais que d'une oreille. D'ailleurs, je m'étonne qu'un physicien de la valeur de M. Radier soit obligé d'étudier toutes ces sciences ! »

Soudain, Michel fronça les sourcils. Son lit se trouvait contre le mur extérieur de la chambre. Il l'avait refait correctement, le matin même, et il venait de constater que le couvre-lit était légèrement froissé, comme si quelqu'un s'y était allongé et avait mal tiré sur l'étoffe.

De plus, en s'approchant, le garçon remarqua une trace blanchâtre qui lui fit songer à de la poussière essuyée à la hâte.

Le crépi du mur, assez rugueux, gardait, lui aussi, dans les creux pourtant minuscules, un peu d'une poudre rougeâtre.

« Qu'est-ce qui t'arrive ? demanda Arthur. Tu ne m'écoutes plus ?

— Attends... Je viens de penser à quelque chose ! Si tu veux bien, j'aimerais que nous reprenions la conversation dans un moment !

— Oh, entièrement d'accord ! Je vais faire une petite sieste ! »

Et Arthur s'allongea sur son lit.

Michel poursuivit son examen. La traînée de poussière rougeâtre semblait provenir de derrière un sous-verre, représentant une chasse à courre, et qui était accroché au mur. Michel s'approcha, et dut s'agenouiller sur son lit afin de pouvoir examiner le sous-verre.

Il retint une exclamation, mais sa surprise n'échappa pas à Arthur.

« Il y a des araignées derrière ?

— Dis donc, il en met du temps Daniel ! Je voudrais bien prendre une douche, moi aussi ! » s'exclama brusquement Michel, tout en faisant signe à son camarade de se taire. Celui-ci, ahuri, se redressa sur son lit.

Michel lui fit signe d'approcher. Puis il lui désigna une petite pastille ronde, collée au dos de la gravure, d'où partait un fil très mince fixé à une barrette de jonction.

Arthur comprit aussitôt et esquissa un

geste qui voulait dire « Houlala ! », en secouant la main.

Il était évident que cette barrette de jonction avait naguère servi à permettre l'alimentation d'une lampe-applique murale.

Les deux garçons restèrent silencieux un instant, agenouillés sur le lit de Michel. Daniel pénétra à ce moment dans la chambre. A peine entré, il s'exclama :

« Mais... qu'est-ce que vous faites, tous les deux ? A quoi jouez-vous ? »

Michel et Arthur lui intimèrent l'ordre de se taire. Et Michel enchaîna :

« Nous jouons à nous reposer, dit-il. Nous attendions patiemment que tu veuilles bien libérer la douche ! »

Puis, vivement, il mit en route le poste de radio qu'il plaça à proximité du mur, sous la gravure. Il entraîna ses compagnons dans l'angle le plus éloigné de la pièce et leur déclara à mi-voix :

« Je commence à croire qu'Arthur a soulevé un fameux lièvre en s'étonnant de l'engouement du professeur pour toutes ces sciences en « micro » !

— Un lièvre ? Où ça ?... Pan ! pan ! dit le jeune mécanicien, en faisant mine de tirer sur un gibier imaginaire qui aurait fait le tour de la chambre.

— Idiot ! C'est sérieux ! Je suis à peu près certain, maintenant, que M. Radier n'étudie aucune des sciences dont il a parlé ! Je me demande si le professeur n'a pas voulu nous mettre en garde contre ce micro, justement ! »

Cette suggestion surprit si fortement

Daniel et Arthur qu'ils en demeurèrent muets un instant.

« Hé là! déclara Arthur. Tu te rends compte de ce que tu avances? Le professeur serait au courant de la présence d'un micro et il ne nous en parlerait pas franchement? Et pourquoi nous avertirait-il, alors?

— Je ne sais pas... Je ne comprends pas plus que toi, pour l'instant, mais la coïncidence est troublante! Pourquoi le professeur aurait-il éprouvé le besoin, justement, d'attendre que nous soyons sur le chantier pour nous parler de ces sciences en micro quelque chose? Il aurait pu en parler à table!

— Ecoute, cette radio m'agace! déclara Daniel. Va prendre ta douche rapidement et nous irons dehors discuter loin des oreilles indiscrètes! »

Michel et Arthur se rangèrent à cet avis et s'empressèrent de prendre leur douche, à tour de rôle.

*
* *

Lorsqu'ils se retrouvèrent dehors, les garçons purent reprendre leur conversation plus librement.

« Ecoute, Michel, je reconnais qu'il y a une coïncidence troublante, avoua Arthur. Mais je voudrais bien que tu m'expliques qui écoute qui? Au profit de qui? Et surtout pourquoi?

— Je ne sais qu'une chose, riposta Michel : le micro a été installé aujourd'hui, pendant notre séjour sur le chantier! Il n'y avait pas cette poussière rougeâtre sur mon lit ce matin! Quelqu'un, qui sait parfaitement qui nous sommes, éprouve le besoin de savoir ce que nous disons!»

Michel manifestait une telle certitude que les doutes de ses compagnons commençaient à fondre.

«Bon, tu as peut-être raison, dit Arthur. Mais tu imagines quelqu'un restant toute la journée à l'écoute de nos conversations? Comme si mes fines plaisanteries valaient qu'on prenne cette peine!

— Non, évidemment... A moins que ça ne se passe comme pour les écoutes de police sur certaines lignes téléphoniques : un magnétophone enregistre continuellement et personne n'est obligé d'écouter toute la journée!

— Bon, admettons le magnétophone... dit Daniel. Encore que ça suppose un fameux matériel! Mais pourquoi, si l'on avait l'intention de nous espionner, a-t-on attendu aujourd'hui pour installer un micro? On savait depuis longtemps que nous allions venir!

— Merci, Daniel! s'écria Michel. Ta question est valable, mais je crains d'en avoir la réponse. Une réponse qui ne me sourit pas!

— Quelle réponse? demanda Arthur.

— On n'a installé un micro que parce que nous sommes sortis seuls avec le professeur! On espérait que nous parlerions de la conversation que nous avons eue avec lui!

— Et c'est bien ce que nous avons failli faire! avoua Arthur.

— Pour ce qu'il nous a dit d'important! objecta Daniel.

— Bien sûr... Mais quelqu'un, Lenvace peut-être, pouvait croire que le professeur allait nous faire une confidence! répliqua Michel.

— En tout cas une chose est certaine : “ on ” est rapide, dans la maison, quand il s'agit d'espionner! constata Arthur.

— Et on a le matériel nécessaire sous la main! renchérit Daniel.

— N'oublie pas que Lenvace est un spécialiste!» dit Michel.

Puis, tout aussitôt, il ajouta :

« En tout cas, si c'est bien lui, il aurait mieux fait de se montrer moins imprudent, le jour où il s'est fait assommer! Et puis, toujours la même question : pourquoi espionnerait-on le professeur, que ce soit directement ou que ce soit à travers nos conversations ? »

Au bout d'un instant, Arthur suggéra :

« Et si le professeur Radier n'était pas l'honnête homme que nous supposons ? »

Daniel et Michel marquèrent leur stupéfaction. Michel réagit le premier :

« Hé, comme tu y vas! Je sais bien que nous ne le connaissons pas personnellement, mais c'est un ami de mon père!

— Tu lances le bouchon un peu loin! renchérit Daniel.

— Bon, je ne voulais pas accuser un ami de M. Thérais! Mais je maintiens ce que je dis! Ce n'est pas nous qu'on surveille, nous n'avons rien à voir ni de loin ni de près dans cette affaire d'espionnage. Donc on surveille quelqu'un de la maison, qui est en rapport avec nous! Et si Lenvace appartient réellement à la D.S.T. il est hors du coup, lui aussi! Qui reste-t-il? Le professeur, Sophie et cette bonne Mme Limosin, qui me paraît difficilement suspecte! Si vous arrivez à sortir de là, faites-moi un dessin!»

Le raisonnement d'Arthur parut valable aux deux cousins.

«Tu veux dire que le professeur aurait l'intention, peut-être, de ne pas réserver le résultat de ses recherches à la France? demanda Michel.

— Comme tu dis : peut-être! Si tu vois une autre explication à la présence de ce micro et aussi à celle de Lenvace, dis-la-moi!

— Bon, admettons! fit Michel. En attendant, le plus clair de l'histoire, c'est que tout ce que nous dirons dans la chambre sera écouté... Pas très agréable comme situation!

— Et d'autre part, si nous ne parlons pas, celui qui nous écoute comprendra que nous avons découvert le micro! dit Daniel.

— Je me demande si la chambre des jumeaux a également été gratifiée d'un système d'écoute? reprit Michel.

— Ça, on pourrait le vérifier! proposa Arthur.

— Eh bien, ce qu'on peut dire, c'est que nos vacances s'annoncent bien! conclut Daniel. En fait de tranquillité...»

A ce moment, les jumeaux rejoignirent leurs aînés.

«On va goûter? suggéra Marie-France. J'ai faim, moi!

— Bien entendu fillette! Allons-y!»

Et tous regagnèrent la cuisine.

*
* *

Le goûter était terminé depuis un moment. Les jumeaux étaient partis dans le jardin pour y parcourir les illustrés que Michel leur avait rapportés de la ville. Les trois amis restaient seuls avec Sophie.

«Je serais curieux de voir le système d'alarme, dit tout à coup Michel. Si ce n'est pas indiscret!

— Heu... Indiscret, non... Mais pour éviter des inconvénients, je ne vous montrerai que le détecteur, sans vous dire où se trouve le système de neutralisation. Voulez-vous m'attendre une minute?»

La jeune fille sortit de la pièce et l'on entendit claquer une porte. Une minute ou deux plus tard, elle réapparaissait.

«Nous pouvons y aller, dit-elle, le système est neutralisé pour un petit moment!»

Les garçons suivirent Sophie dans le verger. Elle se dirigea droit vers le laboratoire. Dès qu'ils se trouvèrent à proximité de la façade, les trois garçons cherchèrent à repérer eux-mêmes le fameux détecteur. En vain.

«Où peut-il bien être dissimulé?» se demanda Michel.

Son impatience fut bientôt récompensée.

Chapitre 5

Sophie s'arrêta devant une sorte de soupirail fermé par une solide grille à barreaux.

« Voilà l'emplacement, dit-elle. C'est un détecteur de passage très puissant qui couvre une zone semi-circulaire de dix mètres de rayon. Il en existe un autre de l'autre côté de la maison. Leur sensibilité a été réglée pour qu'un chat ou un chien qui ne s'arrêtent pas plus de vingt secondes ne déclenchent pas l'alarme. Au début, nous avons eu des ennuis de ce genre, de fausses alertes très éprouvantes. Heureusement le technicien est venu régler l'intensité.

— Mais... je ne vois aucun fil ! constata Daniel.

— Evidemment ! L'ensemble fonctionne sur batteries indépendantes. Une panne de secteur n'a aucune influence sur le fonctionnement de l'appareil.

— Mais... supposons que les adversaires réussissent à trouver le détecteur et à le briser ? » suggéra Arthur.

Sophie éclata de rire.

« Tant pis pour eux. La sirène ne s'arrête plus avant que l'un de nous n'intervienne... en montant sur le toit, là où est fixée cette sirène !

— Epatant ! » déclara Arthur.

La jeune fille entraîna le groupe vers la villa et, toujours aussi discrètement, remit le système en fonctionnement.

*
* *

Ce fut quelques instants plus tard qu'une camionnette pénétra dans le jardin. Elle vint se ranger devant le perron. Tout de suite, les garçons remarquèrent la raison sociale peinte sur les ridelles : « Arsène Desbranches — Brocante et Antiquités — Achat de meubles — livres neufs et anciens. »

« Qu'est-ce que c'est ? » murmura Sophie.

Elle sortit pour aller au-devant d'un homme d'une cinquantaine d'années, tout en rondeurs, et vêtu d'une large blouse grise, qui descendait de voiture.

Par la fenêtre, les garçons virent Sophie discuter avec lui. De temps à autre il levait les bras, en signe d'incompréhension.

Enfin, la jeune fille revint dans le hall et décrocha le téléphone intérieur.

« Papa ? Voulez-vous venir un instant, s'il vous plaît ? Un brocanteur est là... Oui, Arsène Desbranches ! Bien... nous vous attendons ! »

Lorsqu'elle eut reposé le combiné, elle se tourna vers les garçons.

« Papa vous demande de venir nous aider

à charger dans la camionnette de ce monsieur des vieilleries qui se trouvent dans la remise! Je ne sais pas pourquoi il a soudain décidé de se débarrasser de ce qu'il a entassé pendant des années! Peut-être veut-il utiliser cette remise pour certaines de ses expériences?»

Les garçons suivirent la jeune fille et saluèrent le brocanteur. Sophie alla neutraliser le système d'alarme et tous se dirigèrent vers la remise devant laquelle M. Desbranches arrêta sa camionnette.

M. Radier arriva, l'air beaucoup plus aimable et décontracté qu'il ne l'avait été depuis l'arrivée des garçons.

«Monsieur Desbranches! s'exclama-t-il. Heureux de vous voir! Vous allez faire des affaires, avec moi! Cette remise est remplie d'horreurs qui feront les délices de vos clients!

— Je n'achète jamais d'horreurs, monsieur!» protesta le brocanteur avec bonne humeur.

M. Radier tira de la poche de sa blouse une énorme clef de fer rouillé, et ouvrit la porte. La remise était seulement éclairée par une lucarne poussiéreuse à moitié cachée par un rideau de toiles d'araignée.

Des tables de formes et de dimensions diverses, des fauteuils désuets, dont les garnitures avaient été réparées à gros points de corde, des armoires s'entassaient entre des paquets ficelés, de forme imprécises. Un vélomoteur flambant neuf semblait égaré parmi les vieilleries.

«Commençons par les meubles qui se

trouvent le plus près de la porte!» dit le professeur.

Les garçons soulevèrent deux tables qui, placées les pieds en l'air dans la camionnette, permirent d'entasser des colis sur elles.

Lorsque l'on eut sorti tous les paquets, puis une autre table et une commode, M. Radier déclara :

«Cela suffit pour aujourd'hui! Voici l'inventaire de ce que vous emportez, mon cher monsieur Desbranches!»

Le brocanteur prit la feuille que lui tendait son client. Il y jeta un coup d'œil machinal, puis il la plia et la glissa dans une poche.

«Je vérifierai à la maison, en déballant les colis!» dit-il.

Le professeur désigna les objets qui s'entassaient encore dans le fond de la remise.

«J'établirai une autre liste dans quelques jours, pour ceci, et je vous téléphonerai!»

Le brocanteur rabattit la porte arrière de sa camionnette, salua et partit.

«Voilà une bonne chose de faite! déclara le professeur. Je suis stupide de m'attacher à de vieilles babioles qui m'encombrent! Merci pour votre aide, mes amis! Je n'ai plus qu'à retourner à mon travail!»

Les jeunes gens regagnèrent leurs chambres pour y faire un peu de courrier.

*
* *

Ce soir-là, le professeur se montra moins distrait qu'à l'ordinaire. On eût dit qu'après une période de demi-sommeil, il venait de se réveiller pour de bon.

Sophie sembla surprise par ce changement d'attitude. A plusieurs reprises, Michel constata que le regard de la jeune fille, posé sur son père, contenait une interrogation.

*
* *

Le lendemain matin, Michel, Arthur et Daniel partirent en ville pour y faire quelques courses urgentes à la demande de Sophie.

Il n'était que huit heures mais déjà le soleil annonçait une chaude journée.

« Nous serons bien dans la galerie ! constata Daniel. Il y fera frais ! »

A l'entrée de la ville, ils aperçurent la boutique de M. Desbranches. La camionnette était rangée contre la maison, dans une sorte de terrain vague encombré de voitures « à la casse », de vieux pneus, de réfrigérateurs.

La vitrine de la boutique était pourtant garnie de meubles anciens luisants de cire et de beaux objets de ferronnerie.

La porte était entrouverte.

Michel avait remarqué à la devanture un moule à beurre en bois qui lui semblait très beau.

« Je vais demander à M. Desbranches combien il le vend, dit-il. Ce serait un beau cadeau pour maman, au retour ! »

Suivi par ses compagnons, il pénétra dans la boutique. Elle était vide. Michel ouvrit et referma la porte de façon à faire tinter à nouveau le timbre avertisseur.

Aucun mouvement ne se produisit dans l'arrière-boutique.

« Il est peut-être dans sa réserve ? suggéra Daniel. En train de vérifier l'inventaire de ce qu'il a emporté hier ?

— Je ne veux pas le déranger, dit Michel. Nous repasserons plus tard, en revenant. »

Mais, tout à coup, Arthur tressaillit.

« Vous n'avez rien entendu ? » fit-il, sourcils froncés.

Daniel et Michel tendirent l'oreille. En vain, pendant un moment... Puis une sorte de grognement leur parvint.

Sans s'être concertés, les trois amis se dirigèrent vers le lieu d'où semblait provenir le bruit insolite : l'arrière-boutique.

A peine eurent-ils poussé la porte qu'ils aperçurent M. Desbranches, allongé sur le sol et ficelé comme un saucisson. Le brocanteur était bâillonné. Il roulait des yeux furibonds en essayant de parler mais ne parvenait à émettre que des grognements.

Très vite les garçons libérèrent le pauvre homme dont la voix était enrouée après les efforts qu'il venait d'accomplir pour crier.

Arsène Desbranches ne put se redresser. Il resta assis à même le sol, le dos appuyé au mur.

« Que vous est-il arrivé ? demanda Michel, en s'agenouillant près de l'homme.

— ... Sais pas ! »

La tête du brocanteur oscillait de gauche à droite et de droite à gauche.

« Quelqu'un vous a attaqué ? insista le garçon.

— Fffouiii ! Deux hommes... Boum, sur la tête !... Me suis réveillé ici, ligoté ! »

Arthur alla chercher un verre d'eau fraîche. Il parvint à en faire boire au brocanteur qui put enfin se relever, soutenu par Daniel et Michel.

Il fit quelques pas en direction de la boutique.

D'un coup d'œil il évalua son contenu.

« A première vue, ils n'ont rien volé ! dit-il enfin. Du moins... »

Il entraîna ses compagnons vers la réserve.

Un cri de colère lui échappa. Il désigna les paquets pris dans la remise de M. Radier, la veille. Tous étaient éventrés, leur contenu éparpillé.

« Les vandales ! s'exclama l'homme. Mais que pouvaient-ils bien chercher dans ces paquets ? Les deux tables ont bien plus de valeur que ce fatras de vieilles bricoles ! »

Le brocanteur se mit machinalement à ramasser les objets épars. Il s'agissait, en fait, de vide-poches vieillots, de coffrets cartonnés et couverts de cretonne, de vieux outils, de colliers de verroterie et jusqu'à un fragment de couronne mortuaire ! Un haut-parleur étrange, en forme de corne d'abondance, se dressait sur un pied cylindrique.

« Et mon inventaire ? J'espère qu'ils m'ont laissé mon inventaire ! Je ne vais pas refaire la liste de tout ça ! »

Les garçons aidèrent l'homme à chercher la feuille de papier donnée la veille par M. Radier.

Tout à coup, le brocanteur poussa une exclamation.

« Excusez-moi, que je suis bête ! L'inventaire est dans le tiroir d'un des bureaux exposés dans la boutique ! »

Puis, prenant une soudaine décision, il ajouta :

« Je vais le chercher ! »

Lorsque le brocanteur fut parti, les garçons discutèrent sur le point de savoir qui avait bien eu intérêt à fouiller ces paquets !

« Une erreur, peut-être ? » suggéra Daniel.

Arthur fut assez de cet avis.

« En voyant la camionnette revenir toute pleine, les voleurs ont put croire qu'il s'agissait d'objets de plus grande valeur ! »

Mais Michel ne participait plus à la conversation. Il s'était accroupi et il examinait un curieux appareil. Il appela ses compagnons.

« Venez voir ! dit-il. Je n'ai jamais vu une chose pareille ! »

Chapitre 6

Arthur et Daniel s'approchèrent, intrigués.

« Tu as trouvé l'occasion rare ? demanda Arthur.

— Non, mais une curieuse boîte à malice ! » répliqua Michel.

Il désigna une boîte métallique noire, rectangulaire, plus longue que haute et surmontée de deux tiges lisses. L'une de ces tiges supportait une bobine, également métallique, mais vide de tout fil. Au milieu, à égale distance des deux tiges, un petit mécanisme se dressait, assez semblable à un viseur d'appareil photographique.

« Alors, Arthur, toi qui es mécanicien, à quoi peut bien servir ce truc ? »

Arthur s'accroupit à son tour et examina la trouvaille de Michel.

« Hum... Bobine suppose dévidoir, dit-il. Mais quel genre de fil peut-on bien bobiner avec ça ? »

Daniel, à son tour, examina l'objet. Il

apparut que le petit mécanisme du milieu pouvait être actionné de haut en bas.

« Pardi ! s'exclama Arthur, qu'est-ce que je disais ? Le bidule monte et descend pour régulariser la position du fil ! Mais c'est bien la première fois que je vois une bobine de ce genre ! Je suis curieux de savoir le nom que M. Radier donne à ce machin, sur l'inventaire ! »

M. Desbranches revint bientôt.

« J'ai un mal de tête ! soupira-t-il. Je viens de prendre un comprimé ! Voici l'inventaire : je l'ai bien trouvé dans l'un des bureaux. »

Michel s'approcha de l'homme.

« Dites, monsieur, est-ce que vous avez une idée de ce que peut être cet appareil ? »

Il lui tendit la curieuse boîte et sa bobine.

Le brocanteur examina l'objet à son tour. Puis il hocha la tête, pour exprimer son ignorance.

« Je n'en sais rien, mon garçon. Tiens, regarde donc sur l'inventaire, tu trouveras peut-être ce que c'est ! »

Michel et ses compagnons parcoururent la liste.

« Dévidoir pliant pour écheveaux de laine... lut Michel.

— Rien à voir ! assura Desbranches. Le dévidoir est en bois, c'est une sorte de manège articulé...

— Générateur d'ondes positives... continua Michel.

— Comme nous ne savons pas ce que peut être un générateur d'ondes positives, nous ne sommes pas plus avancés ! objecta Arthur.

— Enregistreur de sons... poursuivit Michel. Ce n'est certainement pas sur une bobine de ce genre que l'on enroule une bande!»

Les trois amis parcoururent ainsi l'inventaire au complet, mais aucune rubrique ne semblait correspondre au mystérieux appareil.

Michel se souvint alors du motif qui l'avait fait entrer dans la boutique.

«M. Desbranches, j'aurais voulu acheter un moule à beurre qui se trouve exposé dans votre vitrine; du moins, si ma fortune me le permet!

— Un moule à beurre? répéta le brocanteur. Ah oui... Je vois! Je vous ferai un prix, de toute façon! Si vous n'en aviez pas eu envie, vous ne seriez pas entrés dans la boutique et je serais encore en train de m'égosiller pour rien!»

Michel protesta, mais en vain. Il acquit le moule pour un prix ridiculement bas.

«Je vais prévenir les gendarmes, déclara M. Desbranches au moment où ses jeunes visiteurs le quittaient.

— Nous aurons certainement leur visite, en tant que témoins!» dit Daniel.

Puis les garçons prirent congé et s'en furent effectuer leurs emplettes.

*
* *

De retour à la maison du professeur, ils racontèrent à Sophie l'agression dont avait été victime M. Desbranches.

«Le pauvre homme! s'exclama-t-elle. Que

pouvait-on espérer trouver d'intéressant dans sa boutique? Il ne possède que des vieilleries!

— Je crois que ce sont surtout les colis du professeur qui ont été ouverts et fouillés!» dit Michel.

La jeune fille marqua sa surprise.

«Ce doit être un hasard, répondit-elle. Je ne vois pas en quoi les vieilleries vendues par le professeur pourraient intéresser un voleur! Est-ce que l'on a pris beaucoup de choses?

— M. Desbranches n'avait pas encore fait l'inventaire, expliqua Daniel.

— Je me demande si nous devons avertir papa, dit la jeune fille. Il vaudrait mieux qu'il garde l'esprit libre pour poursuivre ses recherches! Vous êtes d'accord?

— C'est entendu! Vous êtes meilleur juge que nous», répondit Michel.

Arthur intervint.

«Mais si les gendarmes viennent ici, la précaution aura été inutile! constata-t-il. M. Desbranches va les prévenir, de toute façon!»

Une vive contrariété marqua le visage de la jeune fille. Elle mordilla ses lèvres.

«Eh bien, nous aviserons, décida-t-elle enfin. Je ne crois pas qu'il soit utile d'interroger mon père sur cette affaire. M. Desbranches possède son inventaire, cela devrait suffire...»

Les garçons estimèrent que Sophie avait raison.

«Nous serons discrets», assurèrent-ils.

Ils se préparèrent ensuite à gagner le

chantier, revêtirent de vieux vêtements et emportèrent les outils.

La galerie, déblayée la veille, était de nouveau solidement charpentée.

« Je me demande en quoi le fait de faire sauter la galerie pouvait avoir de l'importance pour quelqu'un ? murmura Michel, songeur.

— Peut-être était-ce pour attirer l'attention des habitants de la villa et permettre l'attaque du labo ? suggéra Arthur.

— En plein jour ? protesta Daniel. Puisque les mystérieux ennemis ont su neutraliser le système électronique, ils auraient aussi bien pu attendre la nuit ! Je ne pense pas que Lenvace veille vingt-quatre heures sur vingt-quatre ! Il faut bien qu'il dorme, notre assistant !

— Oui, tout ceci n'est pas très clair... reconnut Michel.

— Ce qui m'étonne le plus, dans l'affaire, reprit Daniel, c'est qu'il n'y ait qu'un seul agent pour protéger le professeur. Du moins, si ses recherches sont si importantes que ça !

— Il n'y en a qu'un ici, c'est vrai. Mais cela ne signifie pas qu'il n'y en ait pas un autre ou plusieurs autres dans les environs ! » dit Arthur.

Yves et sa sœur écoutaient la conversation avec beaucoup de sérieux. Après une hésitation visible, la fillette intervint.

« Dis, Michel... Nous avons remarqué encore autre chose, l'autre jour !

— Ah oui ? Et quoi donc ?

— Dans la tonnelle, juste avant l'explosion... Yves a vu briller des yeux, entre les feuilles!

— Et les plantes sont en pots! ajouta le garçon.

— On a cru que c'était un chat... poursuivit la fillette. Mais il n'est pas dit que c'en était un!»

Les trois aînés restèrent pensifs.

«Voyons... Quel rapport entre le regard brillant et les plantes en pots?» demanda Michel.

La question prit les jumeaux de court.

«Eh bien... Les plantes de la tonnelle sont en pots et elles sont toutes nouvelles! expliqua Marie-France. Il n'y a pas longtemps qu'elles ont été placées là!

— Ah bon! dit Michel. Et les yeux?... Si ce n'était pas un chat... ou un autre animal, c'était donc un homme? C'est ce que vous voulez dire?

— Heu... oui! répondit Marie-France.

— Et qu'est-ce que pouvait bien faire un homme dans une tonnelle qui menace de crouler au moindre coup de vent?» demanda Michel.

La question laissa les jumeaux sans réponse.

«Ça, je ne sais pas! dit simplement la fillette.

— Le mieux, ce sera de donner un coup d'œil discret à cette tonnelle! suggéra Arthur. Parce que je ne vois pas bien comment un homme pourrait s'y introduire sans faire tomber tous les panneaux de lattis!

— Nous pourrons toujours voir ça ce

soir, après le dîner, conclut Michel. Il se passe décidément beaucoup de choses dans ce jardin et cette villa! Je me demande quelle sorte de recherches peut mener le professeur Radier!

— Et si le regard brillant qui a été aperçu par Marie-France et par Yves appartenait à un autre agent secret, chargé lui aussi de la protection du professeur? suggéra Daniel.

— Hum... Nous tombons en plein roman policier! riposta Arthur. Pourquoi n'y aurait-il pas, aussi, un agent dans le clocher de la ville!»

Les garçons poursuivirent leur travail. Ils dégagèrent ainsi un bon mètre de ruines sous une voûte en croisée d'ogives d'apparence solide.

Le tas de pierres mêlées à des fragments de mortier plus ou moins pulvérulent n'atteignait pas le haut de la galerie.

Arthur escalada le tas croulant et s'aplatit au sommet afin de regarder ce qui se passait au-delà.

Michel et Daniel, eux, examinaient un fragment de pierre sculptée qu'ils venaient de découvrir,

Cependant, las de travailler, les jumeaux avaient regagné l'air libre, et jouaient sur le chantier. Au bout de quelques minutes, Yves voulut voir où en étaient les autres. Il pénétra dans la galerie... et constata avec stupeur qu'elle était vide!

Il revint vers sa sœur.

«Tu les as vu passer?» demanda-t-il.

Marie-France ouvrit de grands yeux.

« Ils sont encore dans la galerie, voyons ! répondit-elle.

— Non, ils n'y sont plus ! »

Incrédule, la fillette entra à son tour et dut constater que son frère ne se trompait pas.

Puis elle avisa le passage entre la voûte et le sommet du tas de déblais.

« Ils sont sûrement passés par là ! assura-t-elle.

— Tu crois ?

— Ou alors ils sont devenus invisibles ! » riposta Marie-France.

Un silence les réunit dans la même réflexion.

« On va voir ? proposa la fillette, la première.

— Euh... oui, bien sûr ! Et s'ils ne sont pas là ? »

Marie-France haussa les épaules.

« Eh bien, nous reviendrons ! » dit-elle.

Et, sans attendre, elle se mit à gravir le tas de pierres. Yves l'imita, en proie à une légère inquiétude.

« Où peuvent-ils bien être passés ? pensait-il. Ils auraient pu nous prévenir ! »

Chapitre 7

En fait, les grands s'étaient bien gardés d'avertir les jumeaux. Lorsque Arthur avait fait signe à Michel et à Daniel de venir le rejoindre, ils étaient loin d'imaginer ce qu'ils allaient découvrir.

Au-delà de la barrière de déblais la galerie était relativement libre. Du moins offrait-elle un passage, où l'on pouvait poser les pieds sur le sol.

« On va voir de quoi il retourne ? proposa Arthur.

— Oui, mais ne prévenons pas les jumeaux ! conseilla Daniel. Inutile qu'ils s'aventurent par là ! »

Et les trois garçons s'enfoncèrent dans la galerie. Ils ne disposaient pas de lampe et la lumière dispensée par le puits d'entrée était si faible qu'il leur fallait avancer à tâtons.

Rapidement, les trois amis se trouvèrent dans une obscurité quasi complète.

« On fait demi-tour ? proposa Daniel. On pourrait revenir plus tard, mieux équipés ?

— Tu as raison! dit Arthur. Inutile de risquer de provoquer un éboulement!»

Mais à ce moment, Michel crut discerner, dans le lointain, une faible lueur.

«Une minute! s'écria-t-il. Attendez-moi là... Je vais voir quelque chose.»

Il se dirigea vers l'endroit où il avait cru discerner de la clarté. A plusieurs reprises, il pensa s'être trompé. Puis, les choses se précisèrent. Il ne s'était pas avancé de plus d'une centaine de mètres que la galerie fit un coude et qu'il découvrit l'origine de la lueur entrevue. La galerie se réduisait maintenant à un étroit boyau, tout droit. C'était à l'extrémité de ce boyau qu'une ouverture, dans le plafond, dispensait la lumière du jour. Michel hésita. Fallait-il qu'il appelle Arthur et Daniel? Devait-il poursuivre seul sa route?

Il décida qu'il serait trop long de rebrousser chemin, et reprit sa marche.

Il arriva ainsi au pied d'une grossière échelle de bois faite de deux montants sur lesquels étaient clouées des lattes. Cette échelle était appuyée contre une des parois d'un puits sensiblement carré qui débouchait... dans un massif de feuilles et de fleurs, soutenu par un lattis de bois!

«La tonnelle, je parie! pensa Michel. Les jumeaux ne se sont pas trompés! Il devait y avoir quelqu'un l'autre jour!»

Avant de monter à l'échelle, le garçon examina le sol puis les barreaux de bois. Ceux-ci portaient la trace d'un usage récent : de la glaise sèche et du mortier. Le sol, lui, ne révélait aucune trace.

Michel se mit à gravir l'échelle, lentement.

Il émergea bientôt au niveau de la pelouse et constata l'existence des pots dont les jumeaux avaient parlé. Lui aussi nota la curieuse disposition des plantes qui ne se mêlaient pas au lattis comme cela aurait dû arriver si elles avaient poussé depuis longtemps à cet endroit. Elles étaient appuyées à l'extérieur, et seules des pousses récentes s'étaient accrochées aux lattes de bois.

Pourtant, aucun passage visible ne permettait de sortir du puits pour gagner le jardin de la villa.

« Donc, c'est seulement un poste d'observation! pensa le garçon. Je me demande d'ailleurs pourquoi se donner autant de mal! »

Michel en était là de ses réflexions lorsqu'il sentit remuer l'échelle sur laquelle il se tenait. Il tressaillit et découvrit Arthur et Daniel qui venaient de le rejoindre.

Il descendit de manière à leur permettre, chacun à son tour, de venir jeter un coup d'œil à la villa.

Les trois garçons, lorsqu'ils se retrouvèrent au fond du puits, se regardèrent.

« Je crois que Sophie n'aimera pas ça du tout! remarqua Arthur.

— C'est sûr! Et Lenvace va devoir monter un piège pour découvrir qui vient ici! ajouta Daniel.

— En tout cas, les jumeaux avaient raison! fit remarquer Michel. Il y avait bien quelqu'un dans la galerie. Quelqu'un qui venait d'ici... ou qui y arrivait!

— Ho, dis! intervint Arthur. On voit nettement les gens quitter la villa, d'ici! Le guetteur doit avoir largement le temps de filer avant l'arrivée sur le chantier de Lenvace ou de Sophie!

— On peut supposer que l'homme que les jumeaux ont aperçu venait d'entrer dans la galerie, déclara Michel. Mais je trouve que pour un agent de la D.S.T. Lenvace n'est pas très perspicace! Il aurait pu examiner le chantier d'un peu plus près et découvrir cette galerie qui conduit à la tonnelle!»

L'arrivée des jumeaux créa une diversion.

«Qu'est-ce que vous venez faire ici?» demanda Michel.

Marie-France et Yves contemplaient l'échelle. La fillette déclara :

«Yves avait raison, tout à l'heure! Il y avait bien quelqu'un dans la tonnelle! Mais vous ne voulez jamais nous croire!»

Le ton vengeur sur lequel cette affirmation fut proférée fit sourire les «grands». Le caractère de Marie-France leur était bien connu!

«Bon, eh bien, nous allons retourner à l'air libre!» décida Michel.

Ils suivirent à nouveau l'étroit boyau et rampèrent sur le tas de déblais avant de retrouver le chantier.

Là, Michel marqua un temps d'arrêt.

«Je continue à me demander si nous devons avertir Sophie de ce que nous venons de découvrir, dit-il. Parce que, enfin, il n'a pas été possible de disposer les pots à fleurs avec les plantes grimpantes sans que cela se voie de la villa. De plus, j'imagine que le professeur Radier a bien dû longer la galerie au-delà de ces déblais. Peut-être ne serait-il pas content que nous ayons fait preuve de trop de curiosité!

— Ecoute... Nous sommes venus ici sur sa demande, pour l'aider à déblayer cette ruine! riposta Daniel. Entre nous, après ce que nous venons de découvrir, je me demande si ce chantier est véritablement aussi important qu'on le dit!

— Le déblaiement n'est pas achevé! protesta Arthur. Tu ignores ce que l'on va découvrir lorsque la galerie étroite sera entièrement libérée. Je ne pense pas qu'un homme aussi occupé que le professeur perde son temps à fouiller une ruine sans intérêt!

— D'autant plus qu'il veut faire classer le site! reprit Michel. On ne classe pas n'importe quel site sous prétexte que quelqu'un le demande! Et avec le poids et l'influence que peuvent avoir les promoteurs, il faut que M. Radier soit sûr de lui pour s'opposer à eux!

— Bon, vous avez raison! reconnut Daniel. Mais au fait, quelle heure est-il? J'irais bien goûter, moi, j'ai faim!

— Moi aussi, dit Marie-France.

— Alors, on en parle ou on n'en parle pas? insista Michel.

— On n'en parle pas! dit Arthur. On verra bien la suite des événements!»

Les cinq archéologues en herbe repartirent vers la villa. Lorsqu'ils arrivèrent dans le jardin, ils aperçurent une camionnette de la gendarmerie, devant la porte.

« Hé, bé ! nous allons avoir droit à l'interview ! constata Arthur. Il va être question de M. Desbranches ! »

Deux gendarmes, en effet, apparurent sur le perron. Sophie les accompagnait et elle désigna de la main le groupe des jeunes gens.

Ceux-ci furent invités à raconter dans quelles circonstances ils avaient découvert le brocanteur, ce matin-là.

« Le plus étrange de l'affaire, conclut le brigadier lorsqu'il eut achevé son interrogatoire, c'est que la victime est quasiment certaine que rien n'a été dérobé !

— M. Desbranches a refait l'inventaire ? demanda Michel.

— Oui... Rien ne manque ! Sans doute les voleurs ont-ils été trompés par les nombreux colis. Ils s'attendaient à découvrir des objets de valeur. Dommage pour ce pauvre Desbranches qui s'est quand même fait proprement assommer ! »

Les gendarmes ne restèrent pas plus longtemps. Lorsque la camionnette eut disparu, Sophie fit entrer les jeunes gens dans la cuisine afin de préparer le goûter.

« Que d'ennuis ! soupira-t-elle. Heureusement que papa reste en dehors de tout cela ! »

Puis elle ajouta :

« Est-ce que le déblaiement avance ? J'aimerais tant que le site soit enfin classé ! »

Les garçons lui rendirent compte de leurs travaux et bavardèrent un moment avec elle, puis ils gagnèrent leurs chambres pour y prendre une douche et changer de vêtements.

Michel, fouillant son armoire, eut la surprise de découvrir une enveloppe, déjà utilisée et portant une adresse. Tout d'abord, il n'attacha pas d'importance à ce qu'il lut :

« Mlle Sophie Radier, Public school, 346 Wellington Avenue, Leicester, Angleterre. »

Il reposa l'enveloppe, se demandant par quel hasard elle avait pu échouer sur sa pile de mouchoirs.

Puis à la réflexion, il examina le cachet de la poste. Il indiquait une date de l'année précédente...

« Je n'y suis plus... se dit-il. Sophie nous a bien parlé de ses études en Angleterre mais elle nous a dit qu'elle n'avait fréquenté que le Lycée français de Londres ? Comment se fait-il qu'elle n'ait pas parlé de cette *Public school ?* »

Michel n'attacha pas une importance extraordinaire à cette découverte. Mais lorsqu'il retourna l'enveloppe, il faillit la laisser tomber de stupeur. Un mot et deux lettres y étaient tracés :

« *Chut ! P.R.*, lut-il. Pierre Radier ! »

Abasourdi, le garçon reposa l'enveloppe dans son armoire, puis, pris d'un scrupule, il la dissimula dans l'une de ses chemises.

« Est-ce que le professeur Radier voudrait m'avertir de quelque chose ? » se demanda-t-il.

Il faillit mettre ses camarades au courant de sa découverte, mais, se souvenant à temps de l'existence du micro, il s'en abstint.

« J'ai pourtant bien envie de vérifier quelque chose... » se dit-il.

Il mit en route son transistor et donna suffisamment de force à l'émission pour provoquer une protestation de son cousin Daniel.

« Hé! tu es sourd?

— Ma parole, Daniel a raison! » cria Arthur à son tour.

Mais Michel leur adressa un signe pressant pour les faire taire. D'un geste, il leur rappela l'existence du micro.

Puis, lorsqu'il se rendit compte que ses compagnons l'avaient compris, il leur montra l'enveloppe.

Arthur, moins bien renseigné sur les études en Angleterre que ses compagnons, ne comprit rien à la suscription de la lettre. Il demanda à Michel :

« Mais... qu'est-ce que vient faire cette enveloppe ici? Et pourquoi ce " Chut " écrit au dos? A cause du micro?

— Je crois que quelqu'un tient à ce que nous sachions discrètement que Sophie n'a pas étudié seulement au Lycée français de Londres!

— Quelle importance, répliqua Arthur. A côté du mystère qui règne ici, c'est vraiment secondaire, non?

— Peut-être pas, dit Michel. Parce que ça ne peut pas être Sophie qui nous donne les moyens de la prendre en flagrant délit de mensonge! Quant à Lenvace, il ne devrait pas avoir en sa possession du courrier appartenant à Sophie. Ce serait donc le professeur qui...

— Ou Mme Limosin ? suggéra Daniel.

— Hum... Peu vraisemblable ! Mais je ne comprends pas davantage pourquoi le professeur Radier voudrait nous dire que sa fille a menti !

— Ecoute, nous ne trouverons certainement pas l'explication tout de suite ! intervint Daniel. Moi, je propose que tu arrêtes ce poste qui me perce les oreilles ! Nous discuterons plus tard, dehors ! »

Arthur fut de cet avis.

« Une minute ! dit Michel. Je crois que nous avons un moyen de savoir si oui ou non ce micro sert à quelque chose et s'il sert toute la journée ! »

Et Michel expliqua à voix basse à ses compagnons ce qu'ils allaient faire.

À mesure qu'il parlait, la surprise, puis une franche gaieté, se lurent sur les visages de Daniel et d'Arthur.

Chapitre 8

« Formidable ! s'exclama Arthur. Et quand fais-tu ton essai ?

— Tout de suite ! »

Il alla baisser le son du poste de radio, puis il fit signe à ses camarades qu'il était prêt.

« Qu'est-ce que c'est que cette histoire de tonnelle ? demanda Arthur à voix haute.

— Bah... Les jumeaux ont un peu trop d'imagination ! répliqua Michel. Ils affirment qu'il y avait quelqu'un à l'intérieur de la tonnelle, ce matin ! Mais je ne vois pas comment on pourrait pénétrer à l'intérieur sans tout faire tomber !

— Evidemment... A moins qu'on puisse y accéder par un souterrain ! suggéra Daniel.

— Un souterrain ? s'écria Michel. Comme tu y vas ! Et d'où partirait-il, ce souterrain ?

— Est-ce que je sais, moi ! D'un chantier, peut-être ? répondit Daniel.

— Tu veux dire que les constructeurs des immeubles auraient découvert un souterrain conduisant jusqu'ici? reprit Michel.

— Peut-être, ce n'est pas impossible. Un souterrain qui appartenait à l'abbaye, c'est vraisemblable!

— Tu as raison, c'est vraisemblable! Dans ce cas, il est heureux que le professeur ait pris des précautions!

— Seulement, je ne vois pas l'intérêt de venir dans la tonnelle espionner la villa! riposta Arthur.

— Evidemment... Pourtant, il y avait bien quelqu'un, tu peux faire confiance aux jumeaux!»

Sur ces mots, les garçons cessèrent leur petit jeu. Arthur leva le poing fermé, le pouce dressé, pour exprimer son contentement.

La conversation se poursuivit normalement sans qu'il fût question davantage de l'abbaye, de la tonnelle et du souterrain.

Mais un incident faillit ruiner le plan des garçons. Marie-France survint, impétueuse à son habitude, et, avant que son frère ait eu le temps d'intervenir elle déclara :

« Tu sais, Michel, dans le souterrain qui...»

Daniel, qui se trouvait le plus proche, bâillonna sa cousine d'une main et lui murmura à l'oreille :

« Chut! Ne parle de rien ici... On t'expliquera après!

Puis, à voix haute, il poursuivit :

« Tu veux parler de la galerie que nous déblayons?

— Oui... Eh bien...»

La pauvre enfant s'interrompit, ne

sachant plus que dire. Son embarras s'accrut encore lorsque son frère lui adressa des signes impératifs pour qu'elle poursuive.

« Alors, que voulais-tu dire à propos de la galerie ? insista Michel.

— Je voulais te demander pourquoi... il n'y a pas de porte ! acheva Marie-France qui ne savait visiblement plus ce qu'il fallait dire ou taire.

— Quand tout sera déblayé, nous en trouverons sûrement une ! » répondit Daniel.

Michel entraîna sa sœur au-dehors et, à voix basse, lui expliqua la raison de leur comportement. Il insista sur la discrétion qu'il fallait observer lorsque l'on discutait dans les chambres.

« J'espère qu'Yves et toi vous n'avez pas parlé de l'échelle et du puits ?

— Non ! Yves a juste parlé des yeux qu'il avait vu briller dans la tonnelle, c'est tout ! »

La fillette rejoignit en courant son frère jumeau pour le mettre au courant, discrètement, de ce qu'elle venait d'apprendre. Tous deux se mirent en quête d'un micro, sans parvenir à en localiser un.

Pendant ce temps, les grands établissaient une surveillance discrète de la tonnelle, afin de voir s'il y aurait une réaction des habitants de la villa.

Mais l'heure du dîner arriva, sans que rien ne se produisit.

Michel estima que le micro devait être relié à un magnétophone à faible vitesse et que la bande devait être écoutée à la fin de la journée, quand les jeunes gens étaient censés dormir.

*
* *

Pendant le repas, le professeur se montra réservé. Et pourtant, Michel constata que le regard du savant se posait souvent sur lui, comme pour une interrogation muette.

Michel finit par se demander s'il ne s'agissait pas de l'enveloppe qu'il avait trouvée dans son armoire. À tout hasard, il répondit à l'un de ces regards par un signe de tête affirmatif, si discret que seul celui qui avait placé la lettre pouvait comprendre. Il put constater que le savant esquissait un sourire.

Cette conversation silencieuse intéressa beaucoup le garçon. Pendant ce temps, Fernand Lenvace et Sophie discutaient avec Arthur et Daniel des travaux du chantier. Michel attendit patiemment son heure. Puis, pour essayer de comprendre ce qu'avait voulu obtenir le savant en plaçant l'enveloppe dans ses affaires, il demanda soudain à brûle-pourpoint :

« En somme, mademoiselle Sophie, vous avez fait toutes vos études en Angleterre au Lycée français de Londres ? »

La jeune fille marqua un temps d'arrêt, comme si la question la surprenait, puis elle sourit.

« En effet, dit-elle. Je crois du reste vous l'avoir déjà dit.

— Est-ce que ce n'est pas un peu gênant,

pour apprendre l'anglais, de vivre avec des compatriotes ?

— Un peu, bien sûr ! Mais beaucoup de cours se donnent en anglais ! Cela compense ! »

La conversation se poursuivit sur l'usage des langues étrangères sans que le professeur y prît part. Michel eut l'impression que Sophie Radier était en proie à une légère nervosité. Elle lui montrait même une certaine agressivité, comme si elle n'avait pas apprécié qu'il parlât de ses études.

Le repas s'acheva sans que la jeune fille se détendît vraiment.

« Est-ce donc si important ? se demanda Michel. Et pourquoi donc M. Radier a-t-il tenu à se livrer à cette facétie ? »

Au fond, il n'était pas certain qu'il s'agît d'une facétie. Mais alors pour quelle raison secrète Sophie Radier tenait-elle à dissimuler le fait qu'elle avait, au moins pendant un temps, suivi les cours de la *Public school* de Leicester ? Et pour quelle raison le professeur avait-il tenu à mettre Michel au courant de ce détail ?

Le garçon y pensait encore en regagnant sa chambre. Maintenant qu'ils connaissaient l'existence du micro-espion, les jeunes gens se sentaient mal à l'aise dans cette pièce où ils devaient constamment surveiller leurs paroles. Mais ce qui les agaçait plus encore, c'était de ne pas comprendre pourquoi le micro avait été mis en place. Quel intérêt pouvait-on avoir à les écouter ?

*

* *

Le lendemain, Arthur s'éveilla le premier. Sans bruit, il procéda à sa toilette et sortit. L'air gardait encore la fraîcheur de la nuit. Tout était calme. Seuls quelques oiseaux s'égosillaient à saluer le lever du soleil.

A la vue du verger, Arthur regretta de ne pas pouvoir aller cueillir des cerises à cause du système de protection du laboratoire.

Il contourna la villa et se retrouva sur la pelouse.

Tout d'abord, il ne comprit pas ce qui l'intriguait. Quelque chose avait changé, dans le paysage, sans qu'il parvienne à deviner quoi.

Et puis, brusquement, il sourit. Michel ne s'était pas trompé. Il existait bien un système d'écoute en état de fonctionnement!

Car ce qui avait changé, dans le paysage, c'était la tonnelle! Elle semblait s'être effondrée d'elle-même. Mais la coïncidence entre cet effondrement et la conversation conduite à dessein la veille était trop grande pour être réelle.

Arthur s'approcha et constata que les lattis obturaient maintenant le puits et que l'extrémité de l'échelle était visible entre les feuilles de plantes écrasées.

« Hum... On a un peu aidé la chute! estima-t-il. Je suis curieux de savoir comment le professeur va prendre ça! »

Il retourna vers la villa et pénétra dans la chambre. Michel était levé, mais Daniel dormait encore. Arthur entraîna son ami dans le couloir et, par l'une des petites fenêtres, lui montra la tonnelle.

« Tu avais raison, dit-il à voix basse. Notre indiscrétion d'hier a produit son effet ! »

Michel regarda, et son visage prit une expression soucieuse.

« Bon, déclara-t-il, si nous voulons que notre espion ne comprenne pas que nous sommes au courant de l'existence du micro, il faut jouer le jeu. Tu vas entrer dans la chambre en m'annonçant à voix haute l'accident survenu à la tonnelle. Sinon, l'autre pourrait comprendre que nous nous méfions !

— Tu as raison, allons-y ! »

Tous deux retournèrent dans la chambre.

« Dis, Michel, viens voir ! s'exclama Arthur. Il a dû y avoir du vent cette nuit ! La tonnelle est par terre, complètement détruite.

— Non ? Tu blagues ? On n'a rien entendu ! répondit Michel.

— C'est vrai, je t'assure ! On dirait qu'un éléphant est passé dessus ! »

Les deux amis parlaient suffisamment fort pour que Daniel finisse par se réveiller.

« Vous avez fini, tous les deux ? grommela-t-il. On ne peut plus dormir, maintenant ? Quelle heure est-il ?

— Sept heures et demie !

— Bouhouhouhou ! Je me rendors ! Bonsoir ! »

Et Daniel plaça sa tête sous l'oreiller dans l'intention bien affirmée de prolonger sa nuit. Les deux autres le laissèrent tranquille et sortirent.

Ce fut sans grande surprise qu'ils aperçurent Fernand Lenvace et Sophie qui regardaient la tonnelle, à distance.

La jeune fille les vit la première et, tendant le bras vers le tas de bois et de plantes, elle s'écria :

« Vous avez vu ? Heureusement que cela s'est produit pendant la nuit ! Sinon quelqu'un aurait pu être blessé ! »

Les garçons s'approchèrent.

Presque tout de suite, Michel remarqua un détail qui lui confirma que la tonnelle ne s'était vraiment pas écroulée toute seule.

Chapitre 9

Ce détail était visible. Si la tonnelle s'était effondrée sous l'effet du vent, ou même à cause de sa vétusté, les tiges des plantes grimpantes eussent été simplement brisées, en un ou plusieurs endroits. Or, non seulement les tiges, mais aussi les feuilles, étaient écrasées sans doute par les pieds de ceux qui avaient abattu les lattes de bois.

Ni Sophie ni Lenvace ne parurent remarquer ce détail. Comme Daniel, enfin réveillé, rejoignait le groupe, la jeune fille incita les garçons à venir prendre le petit déjeuner, bien qu'il fût un peu plus tôt que d'habitude.

« Mais papa est déjà levé, lui aussi. Il semble que tout le monde ait été matinal, aujourd'hui! »

En effet, dans la salle à manger, le professeur Radier était déjà attablé devant un bol de lait fumant. Il répondit à peine aux salutations des arrivants.

La nouvelle que la tonnelle s'était effondrée le tira de ses préoccupations. Son regard s'anima.

« C'est une très bonne chose, dit-il. Il y a longtemps que j'avais envie de le faire moi-même. Un jour ou l'autre, cette tonnelle aurait fini par provoquer un accident ! »

Puis, comme si la chose lui passait soudain par l'esprit, le savant demanda :

« A-t-on des nouvelles de ce bon Desbranches ? J'espère qu'il se remet de ses émotions !

— Il se porte aussi bien que possible, père, répondit Sophie. Les gendarmes semblent s'orienter vers une piste : celle de rôdeurs qui ont été signalés dans les parages.

— Des rôdeurs ? Tiens donc ! Comme c'est étrange ! Je ne crois pas tellement à cette histoire de rôdeurs ! Et vous, ma chère fille ? »

Sophie parut mécontente.

« Je ne sais de l'affaire que ce qu'en ont dit les gendarmes », répondit-elle assez sèchement.

Michel, étonné, remarqua que Fernand Lenvace avait tiqué, lui aussi. Il se demanda ce qui pouvait justifier cette passe d'armes entre le père et la fille.

Mais le savant se plongea à nouveau dans ses pensées. Un silence un peu gêné s'installa alors. M. Radier n'ajouta pas un mot jusqu'à la fin du petit déjeuner.

Plus tard, lorsque les trois jeunes gens se retrouvèrent seuls, Michel entraîna ses compagnons dans le jardin.

« Il y avait de l'orage dans l'air, ce matin !

constata Arthur. Tu as entendu ce ton sec, dans la conversation, Michel? On dirait qu'entre papa Radier et Fifille, le torchon brûle!

— C'est pour ça que je voudrais vous demander votre avis, dit Michel. J'ai une idée qui me trotte par la tête, mais je la trouve un peu farfelue!

— Hum... Tu prends des précautions! constata Daniel.

— Dis-la, va, ton idée, tu en meurs d'envie! poursuivit Arthur.

— Eh bien... je me demande si Sophie est bien Sophie Radier, voilà!» répondit Michel.

La surprise rendit ses compagnons muets. Arthur fronça les sourcils; Daniel écarquilla les yeux.

«Sophie n'est pas Sophie? répéta celui-ci. Et moi, alors, qui suis-je?»

Michel haussa les épaules.

«Au lieu de plaisanter, tu ferais mieux de réfléchir. *Primo*, j'ai échangé quelques phrases banales, en anglais, avec Sophie. Elle écorche cette langue comme ce n'est pas possible! Pour quelqu'un qui est censé avoir passé quatre ans au Lycée français de Londres, c'est un peu suspect! *Secundo*, j'ai vu à la cuisine une liste de commissions qu'elle avait établie pour Mme Limosin. Eh bien, l'écriture n'était absolument pas comparable à celle de la lettre que nous avions reçue de Sophie Radier, à la maison!

— Tu en es certain? demanda Daniel.

— Comme je te vois! Et je dirais même

que l'écriture de la liste n'est pas celle d'une personne cultivée!

— Holà! intervint Arthur. Tu lances le bouchon un peu loin, mon vieux! Et que fais-tu de papa Radier, dans tout ça? Il n'est pas aveugle! En admettant que la prétendue Sophie fût un imposteur, je vois mal un père être dupe d'un maquillage ou d'une perruque!

— Tu as raison, Arthur, reconnut Michel, mais c'est justement pour ça que j'ai eu cette idée! M. Radier nous a fait comprendre par l'enveloppe que sa fille avait fréquenté la *Public school* de Leicester. L'autre n'en parle pas et continue à affirmer qu'elle n'a été élève que du Lycée français!

— Mais alors pourquoi accepte-t-il d'être appelé père ou papa par Sophie? demanda Daniel et pourquoi lui-même l'appelle-t-il " ma chère fille "?

— J'avoue que c'est là le point faible de mon idée, reconnut Michel. A moins de supposer que M. Radier soit contraint d'agir ainsi!»

Cette nouvelle hypothèse étonna davantage encore les deux autres.

«Ecoute, Michel, tu ferais mieux d'aller jusqu'au bout de ton idée, dit Arthur. Parce que, enfin, Radier se déplace comme il veut. Il a le téléphone dans son laboratoire. Il pourrait dénoncer facilement...»

Arthur s'interrompit. Il venait de réaliser par ou péchait son raisonnement.

«Evidemment, reprit-il, si ta supposition est exacte, si cette Sophie n'est pas la vraie... *où est l'autre ?* C'est ça ton idée, non ?

— On ne peut rien te cacher, mon vieux ! reconnut Michel. Non seulement, où est-elle ? Mais encore, entre les mains de qui est-elle ? »

Daniel intervint.

« Pour reprendre l'élégante expression d'Arthur, tu lances le bouchon un peu loin ! Tu ne fais qu'avancer des suppositions, tu n'as aucune preuve, jusqu'à présent !

— Bien sûr que je n'ai aucune preuve ! Seulement tu avoueras que la discussion de ce matin peut faire penser que M. Radier ne porte pas trop dans son cœur cette chère Sophie !

— Bon... La meilleure des choses à faire, c'est d'essayer de savoir si cette personne est bien Sophie Radier ! décida Arthur. Comme ça, Michel ne fera plus de suppositions et nous pourrons bavarder d'autre chose !

— D'accord, mais comment veux-tu procéder ? demanda Daniel.

— Il faudrait avoir l'occasion de poser des questions au professeur, suggéra Arthur.

— Je doute qu'il nous réponde franchement ! dit Michel. Parce que, au lieu de déposer l'enveloppe vide dans mon armoire, il aurait pu ajouter un mot nous expliquant la situation. S'il ne l'a pas fait, c'est qu'il ne peut pas le faire ! Il n'est peut-être pas libre !

— Tu veux dire qu'on le ferait chanter en séquestrant sa propre fille ? demanda Arthur.

— Peut-être! Sinon comment expliquer qu'il ait écrit "Chut!" sur l'enveloppe et rien d'autre?

— Nous voilà bien avancés! constata Arthur. Comment savoir?»

Depuis un moment, Daniel réfléchissait. Il intervint tout à coup :

«Il y a une explication à laquelle vous n'avez pas pensé, dit-il, et qui pourrait donner la clef de l'énigme!

— Oui, vas-y! dit Michel.

— Eh bien, Sophie n'est peut-être pas Mlle Radier, mais elle n'est peut-être pas non plus une espionne qui fait chanter le professeur. Elle pourrait être un agent de la D.S.T. qui protège le travail de M. Radier. On a pu éloigner Mlle Radier pour rendre vraisemblable aux yeux des espions la présence de cette jeune fille. D'ailleurs, rappelle-toi, Michel! Tu as dit toi-même le premier jour qu'elle te paraissait plus âgée que tu ne t'y attendais!

— C'est vrai, je me souviens...

— Pas mauvaise, ton idée! déclara Arthur. Et assez vraisemblable, en plus! Donc, nous n'avons plus de mauvais sang à nous faire...

— Pas si vite! Ce n'est qu'une supposition! protesta Daniel. Rien ne prouve que j'aie raison!

— D'autant plus que cette hypothèse ne résout pas le problème de la présence du micro dans notre chambre! ajouta Michel.

— C'est vrai, on l'avait oublié, celui-là!» dit Arthur.

L'apparition des jumeaux changea le

cours de la conversation. Mieux valait ne pas donner à leur imagination fertile l'occasion de s'exercer !

On se prépara à aller au chantier de l'abbaye, mais chez les « grands », le cœur n'y était pas. Ils ne pouvaient s'empêcher de penser au mystère qui régnait dans la villa.

*
* *

Cette fois, le tas de déblais était presque enlevé. On passait facilement de l'entrée dans la galerie étroite. Ainsi, Daniel, qui avait pensé à emporter une lampe électrique, put effectuer aisément une reconnaissance jusqu'à l'endroit où les matériaux de la tonnelle bouchaient le puits. Michel et Arthur faisaient le gué, afin de prévenir toute surprise.

Daniel parvint facilement à l'endroit où l'échelle de fortune était encore visible. Mais il ne put pénétrer dans le puits. Les lattes de bois, brisées en plusieurs endroits, entremêlées aux tiges des plantes, obstruaient le passage.

Daniel allait faire demi-tour, lorsque son attention fut attirée par une forme insolite, sur le sol du puits. C'était une chaussure d'assez petite taille que le garçon reconnut aussitôt comme appartenant à Sophie. La jeune fille avait porté la veille une paire de chaussures exactement semblable.

« Elle l'aura perdue cette nuit, en piétinant la tonnelle, se dit Daniel. La chaussure sera tombée et elle n'aura pu la récupérer au fond du puits. Sophie a donc participé à la destruction! Mais alors, pourquoi a-t-elle joué l'étonnement, tout à l'heure? Elle nous prend vraiment pour des imbéciles! Je me demande quelle tête elle fera lorsque nous lui rendrons sa chaussure!»

Daniel ramassa l'objet et partit rejoindre ses compagnons.

La vue de la chaussure provoqua les mêmes réactions de surprise chez eux. Pourtant, Michel ne fut pas d'accord pour rapporter l'objet à sa propriétaire.

«Il est inutile de lui montrer que nous avons découvert la petite galerie, objecta-t-il.

— Alors tu voudrais que j'aille remettre la chaussure là où je l'ai trouvée? demanda Daniel, peu disposé à refaire le même chemin.

— Peut-être pas! Attends... il me vient une idée!

— On pourrait déjà la rapporter à la maison! suggéra Arthur. Une fois là-bas, nous aviserons!

— Tu as raison, affirma Michel. Rapportons-la et je sais où nous la placerons! Nous verrons bien la réaction de Mlle Sophie!»

Et les trois garçons reprirent le chemin de la villa, la chaussure dissimulée sous la chemise de Michel.

Chapitre 10

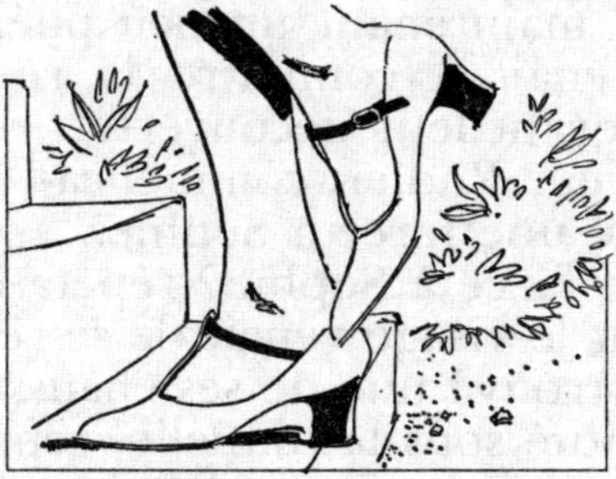

Une fois à la maison, Michel se rendit compte que son projet n'était pas facile à réaliser. Il avait l'intention de placer la chaussure de Sophie dans la remise d'où le brocanteur avait sorti les paquets de vieilles choses.

Seulement, la porte était fermée à double tour. Et c'était sans doute le professeur qui en détenait la clef.

Michel allait renoncer à son idée lorsque M. Radier sortit de son laboratoire. A la vue des jeunes gens, son visage s'éclaira.

« Il faudra bien que j'aille voir un peu mes ruines ! dit-il. Je suppose que vous avez beaucoup travaillé ?

— Le tas de déblais principal aura disparu demain, monsieur ! répondit Michel. Après nous dégagerons la petite galerie.

— C'est parfait ! Je pense qu'il faudra creuser quelque peu dans les murs. Nous devrions trouver des ouvertures latérales qui ont été murées autrefois, à la fin du XVIIIe siècle, sans doute ! »

Michel se demandait s'il devait mettre le savant au courant de son projet. Celui-ci lui paraissait maintenant un peu puéril. Pourtant, il tenait à connaître la réaction de Sophie devant leur découverte.

« Monsieur Radier, commença-t-il, je voudrais faire une farce à Sophie...

— Une farce à Sophie? répéta le professeur, dont le visage venait de se rembrunir.

— J'ai trouvé une de ses chaussures dans le puits situé sous la tonnelle, reprit le garçon. Je voulais la dissimuler dans la remise, mais celle-ci est fermée à clef! »

Le professeur Radier marqua nettement sa surprise.

« Dans la remise? Et pourquoi donc?

— Parce que c'est l'endroit où elle devrait le moins s'attendre à découvrir sa chaussure! Elle pourrait croire que c'est vous qui l'avez trouvée!

— Un instant, mon garçon. Tu as bien dit que c'était dans le puits que tu l'avais trouvée, cette chaussure?

— Oui...

— Donc, Sophie s'est approchée de la tonnelle avant ou après qu'elle se soit effondrée?

— Je ne vois pas d'autre explication.

— Et pourtant, ce matin, elle a paru étonnée! »

Michel acquiesça.

« Bon... reprit le professeur, prenant une soudaine décision, je vais te confier la clef de la remise. Mais arrange-toi pour que personne ne te voie de la maison. Tiens, je suis ravi de jouer un bon tour à... ma fille! Cela ne m'est pas arrivé depuis longtemps! Je me sens rajeunir!»

Il gagna son laboratoire et revint avec la grosse clef rouillée que les garçons avaient déjà vue lors de la venue du brocanteur.

Un instant plus tard, tous quatre se trouvaient à l'intérieur de la remise. Celle-ci ne comportait plus que des meubles, quelques tables et quelques bancs de ferme. Au fil tendu en travers de la pièce pendait du linge oublié depuis longtemps.

Michel hésita. Ce fut Arthur qui eut l'idée.

«Accroche la chaussure au fil! conseilla-t-il.

— Tu crois?

— Là elle sera bien en vue!»

Le professeur s'empara de la chaussure et l'examina. Elle comportait une bride qui coulissait dans une boucle.

M. Radier fit passer la bride par-dessus le fil, l'ajusta dans la boucle et l'accrocha.

«Il ne faut pas que la boucle métallique touche le fil», murmura-t-il comme pour lui-même.

Un peu étonnés par cette précaution, les garçons n'insistèrent pas. La chaussure se balançait un peu.

«Vous n'avez oublié qu'une chose, mes amis. Puisque la porte est toujours fermée à clef, Sophie ne pourra pas découvrir sa chaussure!»

L'évidence frappa les trois garçons. Leur farce allait tourner court! Alors, pourquoi le professeur s'était-il prêté à la plaisanterie?

« Ne vous inquiétez pas. Je vais... "oublier" la clef dans la serrure ! Après tout, cette remise ne contient aucun objet de valeur ! Je dirais même que ce simple fil d'acier est plus précieux que les bricoles qui encombrent encore cette pièce ! »

Cette réflexion parut étrange aux garçons qui n'y attachèrent pourtant que peu d'importance.

Tous quatre quittèrent la remise. Le professeur donna un tour de clef mais « oublia » celle-ci dans la serrure.

« Et voilà, dit-il. Reste à savoir maintenant quand ma fille va s'apercevoir de la plaisanterie ! Je retourne travailler. Bonne journée, mes amis ! »

Les garçons regagnèrent leur chambre. Ils prirent une douche et s'allongèrent un instant sur leur lit. La présence du micro continuait à les gêner.

En réfléchissant, Michel se rendit compte qu'ils avaient tort de ne pas utiliser davantage cette possibilité de compliquer la farce faite à Sophie.

« Tu crois qu'elle la trouvera vite, Daniel ? » demanda-t-il tout à coup.

Désarçonné par la soudaineté de la question, son cousin sursauta.

« *Qui* trouvera *quoi ?* » fit-il en désignant le cadre derrière lequel était dissimulé le micro.

La mine réprobatrice de son cousin fit sourire Michel. Daniel devait supposer qu'il avait oublié la présence du mouchard.

« Sophie, pardi ! s'exclama Michel. Elle est

loin de s'attendre à retrouver dans la remise la chaussure qu'elle a perdue!»

Arthur, comme Daniel, s'était redressé sur son lit. L'index pointé contre la tempe, il indiquait clairement ses craintes quant à l'état de santé mentale de son camarade.

Puis, devant le sourire de Michel, il comprit l'intention de celui-ci. Il s'agissait de faire ce que les services secrets appellent l'intoxication de l'adversaire en lui faisant apprendre, indirectement, des nouvelles qui devraient rester secrètes!

Daniel et Arthur, soulagés, s'allongèrent de nouveau sur leur lit, et ils se mirent tous trois à discuter librement de cette question, en attendant l'heure du déjeuner...

*
* *

Une demi-heure ne s'était pas écoulée que le bruit d'un moteur se fit entendre. Michel se précipita à la fenêtre et put voir s'éloigner la petite voiture de Sophie en direction de la ville.

« Hum, il y a urgence! pensa-t-il. Est-ce que la provision de pain serait épuisée?»

A voix basse, il mit ses compagnons au courant.

« Vous vous trompez, agent Michel, plaisanta Arthur et il ajouta sur un ton confidentiel, l'espionne internationale Sophie Radier, plutôt que d'avouer qu'elle a perdu une chaussure dans la tonnelle, préfère s'enfuir et rejoindre sa base!»

Il n'y avait peut-être aucun rapport entre la sortie précipitée de la jeune fille et l'histoire de la chaussure perdue. Michel suggéra cependant d'aller attendre l'heure du déjeuner en plein air, pour mieux observer la suite des événements.

Tous trois, bientôt rejoints par les jumeaux, s'installèrent sur la pelouse, et se mirent à jouer aux échecs-lettres avec animation.

Un quart d'heure à peine après le départ de la jeune fille, ils la virent revenir toujours aussi pressée. Elle ralentit pourtant en apercevant le groupe. La petite voiture s'arrêta devant le perron.

Les garçons se levèrent et se dirigèrent lentement vers la villa. L'heure du déjeuner était arrivée.

Sophie s'arrêta pour leur sourire et leur adresser un signe amical de la main. Puis elle gravit lestement les marches pour pénétrer dans la maison.

Mais Michel avait eu le temps de remarquer un détail surprenant! Sophie portait aux pieds des chaussures identiques à celle qu'ils avaient trouvée dans le puits, sous la tonnelle!

« Curieux... pensa-t-il. Est-ce qu'elle serait déjà allée reprendre celle que nous avons accrochée dans la remise ? »

Machinalement, en passant près de la petite voiture, Michel jeta un coup d'œil à l'intérieur. Sur la banquette arrière se trouvait un sac en plastique, portant le nom d'un magasin de chaussures à bon marché.

Michel s'éloigna et vint mettre ses compagnons au courant de sa découverte.

« Ma main au feu que Sophie vient de

racheter la même paire de chaussures que celles qu'elle portait lorsqu'elle a aidé à la destruction de la tonnelle, dit-il. Et les chaussures qu'elle avait aux pieds ce matin doivent se trouver dans le sac qui est dans le coffre!

— On pourrait vérifier tout de suite, suggéra Arthur. Je vais voir dans la remise. Je parie que la chaussure est toujours accrochée au fil!

— Heu... Mieux vaudrait ne pas y aller maintenant... Attends que Daniel et moi soyons entrés dans la maison! Nous occuperons Sophie et Lenvace, tu pourras agir plus discrètement.»

On convint d'un délai de cinq minutes, et les deux cousins pénétrèrent dans la maison. Arthur passa par le sous-sol et, le délai écoulé, sortit dans le verger et se dirigea vers la remise. La clef était toujours sur la porte. Le garçon n'eut qu'à entrouvrir celle-ci pour constater qu'il ne s'était pas trompé. La chaussure était toujours accrochée au fil!

Lorsque le garçon eut pénétré à son tour dans la villa, il trouva tout le monde assis à la table de la salle à manger. Le professeur avait l'air totalement absent. C'est à peine s'il levait les yeux de son assiette.

Sophie souriait, bavardait beaucoup avec Lenvace, adressant parfois un long regard aux garçons. Un regard dans lequel on pouvait deviner de l'ironie. Michel estima que la jeune fille se réjouissait du bon tour qu'elle leur avait joué. A présent, si les garçons lui parlaient de leur découverte, elle prétendrait sans doute que les chaussures qu'elle portait, étant donné leur diffusion par une maison «bon marché», n'étaient pas rares! Elle pouvait arguer d'une coïncidence — difficile à admettre, peut-être — dont elle était la victime.

«En tout cas, elle joue serré, miss Sophie!» conclut Michel, pour lui-même.

*
* *

La fin du repas approchait.

Depuis un moment, Michel envisageait de mettre à exécution une idée qui lui était passée par la tête, le jour de la découverte du micro-espion dans sa chambre.

«C'est un peu risqué, se disait-il. Mais avec un peu de sang-froid et beaucoup de chance, c'est faisable!»

Chapitre 11

Avant l'arrivée du dessert, Michel se leva en s'excusant, et se dirigea vers la salle de bain du rez-de-chaussée. Mais, au lieu d'y pénétrer, il se précipita dans l'escalier qui menait à l'étage. Les marches recouvertes de moquette étouffaient heureusement ses pas.

En haut, sur le large palier, se trouvaient quatre portes. Michel découvrit d'abord une seconde salle d'eau. Puis, successivement, trois chambres.

Celle du professeur était dans un désordre impressionnant. La grande table était jonchée de papiers couverts de chiffres et de formules.

Michel ne s'y attarda pas. La seconde chambre ne pouvait être que celle de Fernand Lenvace en raison de la présence de chaussures et d'une veste d'homme, à la tête du lit. Michel bondit jusqu'aux placards qui garnissaient le mur du fond. Le premier ne contenait que des vêtements. Le second, moins encombré, révéla ce que le garçon cherchait : un gros magnétophone, portant une bande déjà enregistrée sur un quart de sa longueur. Un instant, Michel fut tenté de rembobiner une partie de la bande et d'écouter l'enregistrement. Il jugea plus prudent de n'en rien faire.

« Le volume du son, même très réduit, pourrait me trahir ! » pensa-t-il.

Il referma le placard et sortit de la chambre. Il reprit l'escalier et put rejoindre la salle à manger sans avoir été inquiété.

« Vous n'êtes pas souffrant, au moins ? demanda Sophie, un sourire ironique aux lèvres.

— Non, je vous remercie de votre sollicitude, Sophie. Je vais aussi bien que possible ! »

Il constata aussi la curiosité de Daniel et d'Arthur. Mais il ne laissa rien transparaître de sa joie après la découverte qu'il venait de faire.

« Donc, j'ai la preuve, maintenant ! songeait-il. Lenvace et Sophie sont bien d'accord pour nous espionner ! Je me demande quel intérêt notre conversation peut bien avoir pour ces deux-là ! »

Il se dit que ses compagnons et lui avaient l'avantage, maintenant qu'ils avaient découvert le système. Il leur était possible de jouer des tours aux curieux !

*
* *

Les garçons profitèrent de ce qu'ils étaient seuls sur le chantier pour tenir un conseil de guerre.

Michel raconta sa découverte et Arthur confirma la présence de la chaussure dans la remise.

« En clair, cela veut dire une chose, affirma Michel : Sophie ne se comporte pas comme le ferait la fille du professeur !

— Or, si l'on excepte la mystérieuse enveloppe de la *Public school*, M. Radier ne fait rien et ne dit rien pour nous avertir ! Il serait donc d'accord avec Sophie ? demanda Daniel.

— Et avec Lenvace ! renchérit Arthur,

— A moins qu'il ne soit pas libre ! L'importance de ses travaux lui vaut peut-être l'attention du gouvernement. On le protège afin d'éviter une fuite de renseignements vers l'étranger ! »

Les garçons discutèrent ainsi un bon moment.

« En tout cas, pour quelqu'un qui prétend se passionner pour les ruines de l'abbaye, on ne peut pas dire qu'on l'ait vu souvent sur le chantier, le professeur Radier ! constata Arthur.

— Pas plus d'ailleurs que les membres de l'association de défense dont il est, paraît-il, le président ! dit Daniel.

— Je crois de plus en plus qu'il faudrait que nous ayons une conversation discrète avec M. Radier, conclut Michel. Il se pourrait qu'il ait besoin d'aide, mais qu'il n'ose pas se confier à nous, à cause des autres !

— Comment veux-tu parler librement avec lui ? demanda Daniel. Sophie ou Lenvace sont toujours à proximité, ou bien il y a les micros !

— Il faut trouver un moyen! reprit Michel. C'est la seule solution si nous voulons voir un peu clair dans ce mystère!»

Les garçons se remirent ensuite au travail. Ils espéraient dégager les derniers déblais dans l'après-midi. Quand ils y parvinrent, le sol libéré révéla de larges dalles de pierre, jointes les unes aux autres, sur toute la surface.

«Je crains que M. Radier ne soit déçu! constata Daniel. Il n'y a ici aucune trace d'escalier ou de sépulture!

— Nous verrons bien ce qu'il en dira ce soir, quand nous lui apprendrons où nous en sommes!»

*
* *

Il y avait déjà plus de deux heures que les garçons travaillaient dans la poussière et ils commençaient à être fatigués.

«J'ai bien envie d'aller chercher une bouteille de limonade! dit Arthur. Je meurs de soif.

— D'accord, dit Daniel, si elle est fraîche!»

Arthur s'éloigna aussitôt en direction de la ville. Il n'eut pas à aller loin. Près de la boutique de M. Desbranches, il découvrit une petite épicerie d'un autre âge qui offrait sa vitrine encombrée de bocaux et de cageots de fruits aux yeux des passants.

Arthur écarta une portière en perles de bois et pénétra dans la boutique. Elle était déserte. Le long comptoir ciré était entouré de tonneaux de bois blanc, de caisses empilées, de casiers à bouteilles. Une odeur composite de café, de sucre et d'encaustique régnait dans la pièce.

« Il y a quelqu'un ? cria le garçon.

— Tout de suite, j'arrive ! » répondit une voix aiguë.

Et de l'arrière-boutique apparut une petite femme très mince qui s'avançait difficilement en s'appuyant sur une canne.

Son visage n'était que rides, mais la vivacité du regard était étonnante chez une personne à qui Arthur donna plus de soixante-dix ans.

Elle était vêtue d'une robe de cotonnade fanée et chaussée de pantoufles à larges semelles.

« Bonjour, madame, dit le garçon. Je voudrais une bouteille de limonade ! »

Mais la vieille dame le regardait avec insistance sans paraître pressée d'accéder à sa demande.

« Je ne crois pas vous avoir déjà vu par ici, déclara-t-elle. Vous êtes nouveau venu, n'est-ce pas ? Mais... vous êtes couvert de poussière ! Vous travaillez peut-être sur les nouveaux chantiers ? »

Arthur sourit. La curiosité de la vieille dame lui était sympathique. Elle vivait seule sans doute et pour elle, c'était l'occasion de bavarder un peu.

« Non, madame. je suis avec des amis chez le professeur Radier ! Nous travaillons dans les ruines de l'abbaye. »

La nouvelle parut surprendre l'épicière. Elle regarda le garçon avec un intérêt accru.

« Il avait bien besoin de se faire aider, le pauvre monsieur Radier. Sa fille était bien courageuse, pour une demoiselle. Pendant les vacances, elle maniait la pelle comme un homme! Evidemment, elle n'était pas souvent ici! Toujours dans son pensionnat en Angleterre! C'est que je l'ai connue toute gamine, cette petite Sophie. Elle faisait parfois des escapades jusqu'ici pour venir chercher des bonbons! Mais lorsque sa pauvre mère est morte, il a bien fallu que le professeur l'envoie en pension! Je crois qu'elle est en vacances en Bretagne? C'est ce que m'a dit la nouvelle secrétaire... »

Un instant, distrait par le ronron du bavardage, Arthur ne réagit pas tout de suite. Puis l'extraordinaire nouvelle lui apparut. Il resta muet d'étonnement. La brave femme, remarquant son silence, s'interrompit.

« Vous semblez bien distrait, jeune homme... Peut-être que je vous ennuie avec mon bavardage?

— Excusez-moi, pas du tout, madame... Un peu de fatigue...

— Je comprends!... Mais c'est bien la première fois que Sophie ne passe pas ses vacances avec son père. Elle doit lui manquer la petite... Il est vrai qu'il est toujours si occupé! Mais je bavarde, je bavarde... Et vous attendez votre bouteille! Je vous la donne tout de suite! Je vais la mettre dans un sac en papier, ça la protégera un peu du soleil!... »

Arthur régla son acquisition et s'en alla après avoir salué l'épicière.

Il se hâta vers le chantier, pressé de tout raconter à ses camarades.

« Michel et Daniel vont en faire une tête, quand je vais leur apprendre la nouvelle ! »

Ainsi, la jeune fille n'était pas Sophie ! Restait à déterminer qui elle était au juste. Agent secret comme Fernand Lenvace ? Au fait, était-il vraiment agent secret, celui-là ?

Sur le chantier, la bouteille fut vidée en un clin d'œil. Ménageant ses effets, Arthur attendit que la soif de ses camarades et la sienne fussent apaisées pour raconter ce qu'il venait d'apprendre.

« Formidable ! s'écria Daniel.

— Nous avions raison ! dit Michel. Voilà donc l'explication du comportement du professeur. Mais si Sophie est un agent secret chargé de sa protection, je ne comprends pas pourquoi il lui manifeste si peu de sympathie !

— Comme l'a dit l'épicière, M. Radier n'apprécie peut-être pas l'éloignement de sa fille, suggéra Arthur. Il paraît qu'elle passait toujours ses vacances avec lui ! »

Michel réfléchit.

« Je me demande si nous ne ferions pas mieux d'avoir une explication franche avec Sophie... ou du moins avec la nouvelle secrétaire ! estima Michel.

— Tu crois ? fit Daniel. Et si elle n'est pas non plus agent secret ?

— Nous serons fixés, de toute façon ! » répliqua Michel.

Les trois garçons tombèrent d'accord pour essayer de tirer toute l'affaire au clair dès le soir même !

*
* *

Ils reprirent le chemin de la villa en s'accordant un petit détour jusqu'au chantier de construction le plus proche.

Il était désert. Les fondations étaient coulées mais l'absence de tout matériel semblait indiquer que l'on n'y travaillait pas pour l'instant.

« C'est peut-être l'action du professeur qui a provoqué l'arrêt des travaux ! suggéra Daniel.

— C'est quand même curieux, cette abondance de tours de béton ou d'immeubles du genre casernes ! dit Michel. J'ai lu, il n'y a pas longtemps, qu'un pour cent de la surface de la France suffirait pour que chaque famille ait une maison individuelle !

— Un beau rêve ! » soupira Arthur.

Ils quittèrent le chantier, mais au moment où ils atteignaient l'embryon de piste qui reliait celui-ci à la route, Daniel s'arrêta en poussant un léger cri de surprise.

« Regardez ! dit-il à ses compagnons. Est-ce que je rêve ? Voyez-vous ce que je vois ? »

Michel et Arthur regardèrent dans la direction indiquée et manifestèrent la même surprise.

Chapitre 12

La silhouette qui se profilait sur le mur de béton d'une fondation n'était autre que celle de Sophie, ou du moins de celle qui se faisait appeler Sophie.

La jeune fille semblait attendre quelqu'un. Elle regardait fréquemment sa montre-bracelet et elle allait et venait comme quelqu'un qui s'impatiente.

Les jeunes gens s'éloignèrent rapidement de crainte d'être aperçus.

De retour à la villa, ils décidèrent cette fois-ci de questionner Sophie sur ce que l'épicière avait appris à Arthur.

« Nous courons le risque de l'alarmer inutilement, dit Michel, mais tout vaut mieux que cette atmosphère de suspicion réciproque ! »

Pour tromper leur impatience, ils se mirent à jouer au palet, avec un caillou plat.

Les jumeaux se joignirent à eux et la partie s'anima très vite.

*
* *

Il était maintenant plus de sept heures et demie et Sophie n'était toujours pas de retour.

Fernand Lenvace et le professeur Radier apparurent sur le perron de la villa.

Ils paraissaient discuter ferme. Michel remarqua que le professeur consultait sa montre.

« Si ces messieurs n'attendent pas un visiteur de marque, c'est miss Sophie qui est en retard ! déclara Arthur.

— Je penche pour cette seconde explication ! dit Daniel. D'autant plus que je trouve qu'il commence à "faire faim" ! »

Le professeur appela les jeunes gens d'un signe impératif.

Ils obtempérèrent, et coururent vers la maison.

« Sophie en prend trop à son aise ! affirma M. Radier. Nous allons passer à table ! Cela la fera peut-être venir ! »

Tous pénétrèrent dans la salle à manger.

« Jamais elle ne s'est permis un tel retard ! reprit le professeur. Est-ce que vous auriez une explication à me proposer, monsieur Lenvace ? »

L'interpellé sursauta.

« Aucune, monsieur, aucune ! Un incident inattendu, sans doute ! »

Le téléphone sonna.

« Voulez-vous prendre la communication,

Lenvace ? dit M. Radier. Si c'était Sophie, je crains d'être un peu désagréable. »

L'assistant se leva et passa dans la pièce voisine où se trouvait l'appareil.

La conversation dura peu. Lenvace revint, l'air perplexe.

« C'est pour vous, monsieur, dit-il. La personne insiste pour vous parler !

— Au diable les gêneurs ! Téléphoner à cette heure-ci ! »

Le savant ne s'en leva pas moins et sortit de la pièce. On l'entendit bientôt s'exclamer, puis parler avec beaucoup d'animation.

« Eh bien, c'est entendu... bon vent et bonne chance ! » s'écria-t-il pour finir juste avant que ne tinte la sonnerie qui indiquait que le combiné venait d'être reposé sur son socle.

Le visage du savant exprimait un sentiment qui pouvait passer pour une intense jubilation quand il revint dans la salle à manger. Comme s'il se retenait pour ne pas éclater de rire ! Jamais, depuis leur arrivée, les jeunes gens n'avaient vu M. Radier dans cet état.

Lenvace regardait le savant d'un air perplexe, attendant visiblement une explication.

« On vient de me donner des nouvelles de Sophie... dit enfin Radier. Nous pouvons dîner sans plus attendre. Elle ne rentrera pas ce soir ! Je pense même, si j'ai bien compris, qu'elle envisage de prendre quelques jours de vacances ! C'est bien soudain, vous ne trouvez pas, monsieur Lenvace ? »

Celui-ci semblait mal à l'aise.

« Heu... Vous plaisantez, sans doute? Mlle Sophie ne peut pas... Ce n'est pas... Enfin... je ne parviens pas... »

M. Radier éclata d'un rire sonore.

« Mon cher ami, votre surprise m'amuse... tout comme celle de mon interlocuteur de tout à l'heure! Il semblait persuadé que j'allais être désolé d'apprendre l'absence de ma fille! Je suis même certain qu'en ce moment, il est pour le moins aussi déconcerté que vous! »

Puis, comme Lenvace restait sans voix, le savant ajouta :

« Remarquez... J'ai une bonne explication à cette surprise! »

Lenvace marqua son intérêt. Sourcils levés, il attendit la suite.

« Parfaitement, une explication qui a le mérite d'être vraie! »

L'assistant était visiblement au supplice alors que M. Radier semblait vouloir prolonger son attente.

« Tout simplement, reprit M. Radier, la surprise vient de ce que mon mystérieux interlocuteur ne connaît pas ma fille! Est-ce vrai, ou non, monsieur Lenvace? »

Michel et ses amis suivaient la conversation avec intérêt. Michel nota que dans le ton du professeur, pour poser sa dernière question, il y avait plus qu'une interrogation.

« Puisque vous l'affirmez, monsieur, vous êtes mieux placé que quiconque! » répondit Lenvace.

Le sourire de Radier disparut. Son visage

se transforma si soudainement et avec une telle intensité que les garçons se sentirent mal à l'aise. Ce fut comme si une brusque bourrasque venait d'enfler les voiles d'un bateau. Le visage de M. Radier exprima une fureur contenue, que le ton et la forme de la réponse ne justifiaient nullement.

Puis il se leva brusquement, foudroya son assistant du regard et sortit de la pièce. On entendit claquer la porte de la villa.

Un silence gêné s'installa autour de la table. Les jumeaux, très affectés par cette scène violente à laquelle ils n'avaient rien compris, regardaient les « grands » qui ne savaient trop quelle contenance prendre.

« Je crois que nous devrions manger quand même ! dit Lenvace. Les démêlés de Mlle Sophie et de son père ne doivent pas vous couper l'appétit ! »

Les jeunes gens ne se le firent pas dire deux fois. D'autant qu'un bifteck-frites demande à être dégusté chaud. Michel nota pourtant que Lenvace restait tourmenté et qu'il touchait à peine à la nourriture, tournant sans cesse son visage vers la porte.

« Je vais voir ce que devient le professeur, dit-il enfin. Il est d'un tempérament très coléreux. A son âge ce n'est pas bon ! »

Restés seuls à table, les garçons et les jumeaux achevèrent tant bien que mal leur repas et, comme ni Lenvace ni le professeur ne revenaient, ils sortirent à leur tour.

Le jardin était désert, apparemment. Pourtant, les jeunes gens ne tardèrent pas à percevoir des éclats de voix, incompréhensibles, qui provenaient du laboratoire.

Seule, la voix du professeur portait, rendue aiguë par la fureur. On devinait, pendant les silences, que Lenvace devait lui répondre plus calmement.

Michel incita les jumeaux à regagner leur chambre. Ceux-ci obtempérèrent d'assez mauvaise grâce.

Afin d'éviter les indiscrétions du micro, les « grands » préférèrent rester un moment dehors.

« Bon, alors, qu'est-ce que vous comprenez à cette histoire ? demanda Michel.

— Hum... fit Arthur. *Primo*, la prétendue Sophie n'est pas la fille du professeur, nous le savions déjà depuis ma visite à l'épicière. *Secundo*, cette Sophie, qui attend visiblement quelqu'un sur un chantier désert, fait téléphoner un peu plus tard qu'elle part en vacances ! Ce qui semble réjouir intensément son père supposé, comme s'il se sentait débarrassé, ou libéré. Il ne se met en colère que lorsque Lenvace affirme que lui, Radier, est mieux placé que n'importe qui pour savoir si celui qui l'a appelé au téléphone connaît ou non sa fille ! Là, je n'y suis plus. Parce que pour avertir le professeur que sa fille part en vacances, il faut bien que l'autre ait vu Mlle Radier ou celle qui se fait passer pour elle et qu'il lui ait parlé...

— Au fond, interrompit Michel, tout est clair si l'on admet deux ou trois petits points !

— Hé, bé ! tu as de la chance, toi ! répliqua Arthur d'un ton admiratif. Deux ou trois petits points... seulement ?

— Attends! Ne m'embrouille pas! Nous savons que la prétendue Sophie n'est pas la fille de M. Radier. Or, le correspondant insiste pour parler au professeur et pour lui annoncer que *sa* fille ne rentrera pas! Donc, le correspondant croit que notre Sophie est la vraie... donc il ne connaît pas Sophie Radier! Le professeur a donc raison, sur ce point!

— Vu! Lumineux! reconnut Daniel. Mais dis-moi... Pourquoi le correspondant prend-il la place de Sophie pour téléphoner à Radier? Et surtout, pourquoi la prétendue secrétaire prend-elle cette liberté? Elle quitte son poste, en somme!

— Puisque tu parles de liberté, c'est peut-être là l'explication, poursuivit Michel. Sophie Radier, la fausse, n'est peut-être pas libre en ce moment même! Elle n'est peut-être pas partie de son plein gré! Ce qui expliquerait toute la scène. Supposons qu'un mystérieux ravisseur — par exemple, un de ceux qui ont assommé Lenvace — s'intéresse aux travaux du professeur. Il pense que le meilleur moyen de l'obliger à livrer son secret est de kidnapper sa fille. Mais il ne connaît pas Sophie Radier! Il ne connaît que la personne qui se fait passer pour elle! Il l'enlève donc et s'empresse d'annoncer la nouvelle à celui qu'il croit être le père de sa prisonnière! Seulement, le père manifeste une joie curieuse. Je ne serais pas étonné que le correspondant, à cette heure-ci, soit en train de se dire que M. Radier est un peu fou, sinon complètement dérangé.

— Avoue qu'il y a de quoi! s'exclama Arthur. Annoncer à un père qu'on vient d'enlever sa fille chérie et s'entendre répondre quelque chose comme “Bon vent et bonne route!”».

— Le raisonnement de Michel me paraît juste, intervint Daniel, vous souvenez-vous des premières paroles de Lenvace?

— Quand?

— Juste au moment où M. Radier venait de lui demander ce qu'il pensait du départ précipité de Sophie. Lenvace a montré sa surprise. Il a cru à une plaisanterie... Ce qui prouvait bien que ce n'était pas un départ concerté entre lui et Sophie!

— Parfait, mon vieux! Tout est clair! s'exclama Michel. Sauf un détail. Puisque Sophie n'est pas Sophie... Où est donc Sophie?»

Ainsi posée, la question éberlua Daniel et Arthur.

«C'est vrai, murmura Daniel. Où peut bien être Sophie Radier?

— En Angleterre, peut-être? suggéra Arthur.

— Je ne le crois pas, répliqua Michel. Et à la façon dont M. Radier a demandé à Lenvace s'il était vrai ou non que son mystérieux correspondant ne connaissait pas sa fille, je suis presque sûr de savoir où elle se trouve, Sophie Radier!»

Arthur et Daniel le regardèrent avec une telle curiosité que Michel ne put s'empêcher de les faire languir quelques secondes avant de poursuivre...

Chapitre 13

Enfin Michel se décida à s'expliquer.

« Pour que Lenvace puisse être certain qu'un correspondant inconnu ne pouvait pas connaître la vraie Sophie Radier, il faut nécessairement que Lenvace sache où celle-ci se trouve. Sans doute entre les mains de ses complices! Parce que je crois de moins en moins à la qualité d'agent secret de notre Fernand! Au fond si tout cela n'était pas dramatique, la situation serait assez drôle!

— Drôle? Comme tu y vas! protesta Daniel.

— Drôle, oui... Si ce que nous pensons est exact, une des complices du rapt de Sophie Radier s'est fait enlever par d'autres espions qui l'ont prise pour la fille du professeur!

— La ravisseuse... ravie? fit Arthur.

— Oui, si nous avions la certitude que la fausse Sophie est bien complice des ravisseurs! » reconnut Michel.

Une chose, pourtant, restait mystérieuse : l'attitude du professeur Radier. Celui-ci ne semblait pas marqué par l'absence de sa fille, ou du moins il ne le montrait pas.

« Pourtant, il a essayé de nous faire comprendre que Sophie n'était pas sa fille, en déposant cette enveloppe dans l'armoire ! remarqua Michel.

— Je me demande quelle attitude va adopter la fausse Sophie à l'égard de ses ravisseurs ! dit alors Arthur. Est-ce qu'elle va leur laisser croire qu'elle est vraiment la fille du professeur, ou bien va-t-elle les détromper ?

— Je crois qu'elle court moins de risques en se faisant passer pour la fille de M. Radier ! dit Daniel. Même si l'attitude de celui-ci peut paraître étrange aux ravisseurs !

— La situation pourrait devenir insoluble ! constata Michel. Si les deux bandes rivales ont en main les mêmes atouts, je me demande qui aura gain de cause !

— C'est vrai ! La situation est plutôt embrouillée ! ajouta Arthur. En attendant, si nous allions nous coucher ?

— Bonne idée, ma foi ! dit Daniel. Prenons des forces. La journée de demain pourrait être un peu... agitée ! »

Et les trois garçons regagnèrent leur chambre, en passant par celles des jumeaux pour s'assurer qu'ils étaient bien endormis.

*
* *

Le lendemain matin, l'atmosphère au petit déjeuner était tendue.

Le professeur Radier semblait la proie

d'une fureur contenue. Et Fernand Lenvace était soucieux au point de rester parfois une bonne minute avant de planter son couteau levé dans la motte de beurre.

Le repas approchait de sa fin lorsque le savant éclata :

« Monsieur Lenvace... J'aimerais savoir quelles mesures vous comptez prendre pour remédier à la disparition de votre amie ! »

Lenvace tressaillit, adressa un regard de reproche au savant en désignant les jeunes gens, comme pour signifier qu'il n'était pas souhaitable de les mettre au courant de la situation. M. Radier ne s'y trompa pas.

« Inutile de jouer la discrétion, Lenvace ! Ces jeunes gens ont certainement compris la situation, ou du moins ils en ont deviné l'essentiel. Vous détenez ma fille Sophie, vous et vos complices, dans l'espoir d'obtenir de moi le résultat de mes recherches ! Seulement, vous n'êtes pas les seuls sur la piste et une autre bande vient de vous imiter, mais en se trompant ! L'idée de votre amie de se faire passer pour ma fille aux yeux de ces garçons n'était pas brillante, à ce que je constate ! Elle est maintenant aux mains de vos concurrents qui ne comprennent pas que l'enlèvement de ma fille me laisse aussi indifférent ! Alors, je vous répète ma demande : que comptez-vous faire ? »

Lenvace était au comble de l'embarras.

« J'attends des ordres, dit-il enfin.

— J'aimerais que vous profitiez de cette occasion pour dire à vos complices que je n'ai pas changé d'avis et que jamais je ne consentirai, sous quelque menace que ce soit, à livrer mon secret à une autre puissance qu'à mon pays! Ce secret est inviolable! Et je défie quiconque de découvrir l'endroit où j'ai dissimulé le résultat de mes travaux!»

Lenvace regardait obstinément son assiette. Sans doute n'était-il pas qualifié, dans la bande à laquelle il appartenait, pour prendre une décision importante.

Pourtant, il fit face :

«Vous avez jugé bon de mettre ces jeunes gens au courant de la situation! Tant pis pour eux! Je tiens à leur préciser qu'ils feraient bien de tenir leur langue et de ne plus s'éloigner de la villa sans mon autorisation!

— Je vous engage à ne pas effrayer ces jeunes gens! riposta le professeur. Vous et vos complices n'avez pas cru devoir m'écouter quand j'ai voulu leur télégraphier de ne pas venir! Vous avez craint que ma démarche ne paraisse bizarre! Vous avez préféré jouer cette comédie imbécile et faire passer votre complice pour ma fille! Je veillerai à ce qu'ils restent en dehors de toute cette affaire!» Sur ces mots, M. Radier gagna sa chambre aussitôt.

«Je vous conseille également de ne plus vous occuper du chantier de l'abbaye jusqu'à nouvel ordre! reprit Lenvace à l'adresse des garçons. Votre arrivée n'était pas prévue dans notre plan. Il faut que nous nous en accommodions, mais cela demande de votre part un effort de discrétion dont je vous rappelle l'impérative nécessité. Vous allez tous regagner vos chambres et attendre que je vous rende visite!»

Les jeunes gens descendirent au sous-sol. Mais les jumeaux, au lieu de gagner leur propre chambre, vinrent se réfugier dans celle des grands.

«Tu sais, Michel, dit Marie-France, moi je n'ai pas peur!

— Moi non plus! dit Yves.

— Je sais bien que vous êtes courageux, répliqua l'aîné. Mais nous ne courrons aucun danger aussi longtemps que nous nous tiendrons tranquilles!»

Daniel et Arthur comprirent que Michel parlait intentionnellement, non seulement pour rassurer son frère et sa sœur, mais encore pour le micro.

«D'ailleurs, nous n'avons vraiment rien à voir dans cette histoire!» renchérit Daniel.

Marie-France et Yves paraissaient plus ou moins convaincus.

«Tu sais, Michel, reprit la fillette, moi j'aimerais bien être à la maison!

— Nous y serons bientôt! Dans quelques jours!

— Pourquoi pas aujourd'hui? demanda Yves.

— Nous ne pouvons pas abandonner le professeur Radier, qui est un ami de papa, au moment où il a tous ces ennuis!»

Cet appel au devoir n'était jamais lancé en vain aux jumeaux. Ils se regardèrent, soupirèrent, et ce fut Marie-France qui conclut :

«Bon, puisque c'est pour rendre service à un ami de papa, on attendra!

— Je savais bien que vous étiez raisonnables!» constata Michel.

Les jumeaux regagnèrent leur chambre.

«Ils sont sympas! constata Arthur. J'aurais bien aimé avoir un frère et une sœur qui leur ressemblent!»

*
* *

Ce matin-là, le courrier devait réserver une surprise extraordinaire à Michel et à ses compagnons.

Jusque-là, c'était Sophie qui s'était chargée d'aller jusqu'à la boîte, à la barrière.

Les garçons n'avaient reçu que des lettres de leur famille ou des cartes postales de camarades en vacances.

Michel, qui se promenait dans le couloir du sous-sol, entendit le vélomoteur du facteur et, surpris, vit celui-ci pénétrer dans le jardin au lieu de glisser le courrier dans la boîte.

Sans plus penser aux ordres donnés par Lenvace, le garçon sortit et alla au-devant du préposé.

«Monsieur Michel Thérais? demanda celui-ci.

— C'est moi, monsieur.

— J'ai une lettre non affranchie pour vous. Il y a donc une surtaxe à payer. Vous l'acceptez ou vous la refusez?

— D'où vient-elle?»

L'homme regarda le cachet de la poste.

«Elle a été postée à Neuville-sur-Sèze... avant-hier! Il n'y a pas longtemps, et pourtant on dirait qu'elle a traîné un peu partout. »

Michel examina l'enveloppe à son tour.

Elle semblait en effet défraîchie, un peu sale, même. Mais l'écriture de l'adresse ne parut pas inconnue au garçon.

Le contenu était étrangement rigide et relativement épais.

« Je prends ! » dit Michel en glissant la missive dans sa poche.

Il réglait le montant de la taxe quand la porte de la villa claqua et que Lenvace parut, sourcils froncés.

« Que se passe-t-il ? demanda-t-il d'un ton dont la sécheresse surprit visiblement le facteur.

— Rien, une lettre taxée ! répondit celuici.

— Sans timbre ! » expliqua Michel.

L'autre s'empara du reste du courrier d'un geste brusque. Puis il attendit que le préposé fût parti pour demander :

« Rien de fâcheux, j'espère ? demanda Lenvace.

— Certainement pas ! Une étourderie d'un camarade, rien de plus ! » répliqua Michel.

Et, sans rien ajouter, le garçon se dirigea vers sa chambre. Lenvace rentra alors dans la villa.

Pour éviter d'être surpris par l'assistant, Michel donna un tour de clef avant de décacheter l'enveloppe.

« Qu'est-ce qui t'arrive ? » demanda Arthur, étonné.

Il avait visiblement oublié la présence du

micro indiscret. Michel mit un doigt sur ses lèvres et désigna le cadre, derrière lequel se trouvait l'objet.

Arthur s'excusa avec une grimace comique.

Michel sortit la lettre de sa poche et il l'examina à nouveau. Le cachet indiquait bien Neuville-sur-Sèze.

Il la montra à Arthur puis à Daniel. Tous deux firent un geste d'ignorance.

« Une lettre d'un camarade, dit Michel à haute voix. Tu sais, Drocourt, le gars de troisième... »

Se rendant compte que ces paroles étaient prononcées à l'intention de Lenvace, Arthur et Daniel poussèrent des exclamations.

« Et il a oublié de mettre un timbre ! Ça ne m'étonne pas ! dit Daniel.

— Un vrai farfelu ! ajouta Arthur. Tu aurais dû la refuser ! »

Michel sourit. Lenvace serait rassuré en écoutant l'enregistrement de cette édifiante conversation.

Mais, lorsqu'il eut décacheté l'enveloppe et qu'il en eut examiné le contenu, le garçon redevint sérieux et son visage exprima une intense stupéfaction.

Chapitre 14

Sans un mot, Michel tendit à Arthur ce qu'il venait de sortir de l'enveloppe. Daniel, qui s'était approché, découvrit en même temps une carte d'identité au nom de Sophie Radier.

« Ça alors ! » murmurèrent les garçons.

Ils restèrent silencieux, regardant une Sophie souriante qui ressemblait bien peu à la jeune fille qui les avait accueillis à leur arrivée.

« Je savais bien que l'écriture ne m'était pas inconnue ! chuchota Michel. C'est bien celle de Sophie Radier ! Où peut bien se trouver Neuville-sur-Sèze ? »

L'impossibilité où ils se trouvaient de parler librement les gênait. Car il leur apparaissait clairement que l'arrivée de cette carte constituait un événement d'importance dont il fallait étudier la signification et le parti qu'on pouvait en tirer !

Michel mit en route le poste de radio. Il se rapprocha de ses compagnons et, à voix basse, commença à discuter avec eux.

« D'abord, il faut savoir où se trouve Neuville-sur-Sèze, dit Michel.

— La poste nous le dira, déclara Arthur. Ou un bon dictionnaire des communes...

— Bon, maintenant, pourquoi Sophie nous envoie-t-elle sa carte ? reprit Michel. Peut-être est-ce pour nous prouver que la Sophie que nous connaissons est une usurpatrice. Mais cela me paraît difficile à admettre.

— Oui, car alors il faudrait supposer que Sophie Radier était au courant de l'intention de l'espionne de se faire passer pour elle à nos yeux ! dit Arthur. Je ne pense pas que ceux qui font chanter le professeur aient pris la peine d'expliquer leurs intentions à leurs victimes !

— Sophie Radier savait que nous devions arriver, fit observer Daniel. Elle suppose que nous sommes toujours là... et elle a raison !

— Donc, elle nous envoie sa carte, simplement pour que le cachet de la poste nous indique où elle se trouve ! conclut Michel.

— Curieuse idée, intervint Arthur. Elle aurait pu écrire un mot ?

— Pas du tout ! Je crois que Sophie Radier est très intelligente. Un mot écrit par elle et surpris par Lenvace aurait nui à M. Radier. Et puis, cela suppose du papier, le temps d'écrire sans être vue de ses geôliers... Tandis que la carte, c'est autre chose ! Je me souviens que papa avait perdu son portefeuille pendant un voyage. La personne qui l'a trouvé l'a renvoyé à l'adresse qui figurait sur les papiers d'identité.

Sophie Radier peut toujours affirmer qu'elle avait perdu sa carte et que quelqu'un l'a renvoyée ici...

— A Michel Thérais? protesta Daniel.

— Tu as raison! Cette partie du raisonnement ne tient pas. Elle s'est simplement dit que notre courrier n'intéresserait pas Lenvace et les autres! Elle a bien raisonné.

— Sa carte parle mieux qu'une lettre. Cela veut dire : c'est moi, je suis là où vous indique le cachet de la poste, je n'ai pas de timbre, mais tant pis. Faites ce que vous pouvez pour me venir en aide! expliqua Michel.

— En attendant, mieux vaudrait soustraire l'enveloppe et la carte à la curiosité de Lenvace!» suggéra Daniel.

Ils cherchèrent une cachette sûre et glissèrent l'enveloppe et la carte sous le revêtement du sol.

«Bon, maintenant, il faut décider de ce que nous allons faire! dit Michel. Est-ce que nous mettons le professeur au courant?»

Les deux autres réfléchirent avant de répondre.

«Je ne crois pas, dit Arthur. Il pourrait commettre une imprudence sous le coup de la colère!

— Et puis, cela n'avancerait à rien. Aussi longtemps que Sophie est prisonnière des autres, M. Radier ne peut rien faire, même pas alerter la police!

— Nous non plus nous ne pouvons pas avertir la police!» soupira Daniel.

Michel sourit. Il comprenait ce que sous-entendait la phrase de son cousin.

« Mais nous allons pouvoir agir, nous ! dit-il. Dès que nous saurons où se trouve Neuville-sur-Sèze !

— Oui, mais avec Lenvace qui nous interdit de bouger, je vois mal comment nous allons nous y prendre ! dit Arthur.

— A nous de trouver ! » conclut Michel.

Ils se remirent à réfléchir intensément, et à discuter à voix basse.

*
* *

L'heure du déjeuner arriva sans que les garçons aient réussi à mettre au point un plan d'action cohérent. Ils devaient se montrer prudents, aussi bien dans l'intérêt de Sophie que dans celui du professeur Radier. La présence des jumeaux achevait de compliquer la situation. Il n'était pas question de les mêler à une aventure dangereuse !

Les garçons montèrent dans la salle à manger.

Ni Lenvace ni le professeur ne s'y trouvaient encore. Michel erra un peu dans le salon et pénétra dans un petit bureau dont la porte était ouverte. Il avisa soudain un almanach des P.T.T. et, se souvenant que ce genre de document comporte souvent une liste alphabétique des communes du département, il s'en saisit et l'ouvrit. Il trouva aussitôt Neuville-sur-Sèze, constata que c'était un village de 342 habitants et qu'il était proche de la ville de Mesnil-en-Château.

Ainsi renseigné, Michel remit l'almanach en place et rejoignit ses camarades.

Le repas s'écoula sans incident. Lenvace et M. Radier n'échangèrent pas une parole.

Ce fut lorque les garçons se retrouvèrent dans leur chambre que Michel raconta ce qu'il venait de découvrir.

La radio permettait de parler à mi-voix, sans risque d'être entendu.

« Neuville-sur-Sèze doit se trouver à une trentaine de kilomètres d'ici, affirma-t-il. Il suffirait d'un vélomoteur pour pouvoir s'y rendre !

— Il y a celui de Sophie, dans la remise, dit Arthur. Il a l'air en bon état !

— J'y songeais... Seulement, un seul d'entre nous peut se déplacer ! D'ailleurs, je pense que c'est mieux ! Il faut bien que quelqu'un reste ici, avec les jumeaux !

— Le tout est de partir sans éveiller les soupçons de Lenvace ! dit Daniel.

— Evidemment, répliqua Michel. Du moins, au départ. Parce que après, je ne vois pas ce qu'il pourrait faire de plus ! La surveillance du professeur lui suffit ! estima Michel.

— Et qui va s'offrir cette belle balade ? demanda Arthur.

— On tire au sort, c'est évident ! » dit Daniel.

Il prit aussitôt un crayon, écrivit leurs trois noms sur des bouts de papier, les plia et les jeta sur la table.

« Arthur, tu tires ! dit-il. Et ne triche pas surtout ! »

Arthur hésita, survola de sa main les trois papiers roulés en boule et en prit un.

Il le déplia lentement.

« Michel, lut-il. Toujours veinard !

— Ce n'est pas sûr qu'il ait de la chance là-bas ! plaisanta Daniel.

— Bon, eh bien, prenons toujours nos ultimes dispositions, déclara Michel. J'ignore ce que je vais trouver à Neuville-sur-Sèze, mais je vais toujours me constituer un petit matériel : lampe de poche, corde, pince et tournevis. Je suppose qu'il y a une sacoche sur le vélomoteur ?

— Ça... faut voir, dit Arthur. Mais là n'est pas le problème ! Comment vas-tu sortir l'engin de la remise sans alarmer Lenvace ? »

Michel réfléchit.

« Nous pourrions peut-être monter un petit scénario pour l'occuper pendant que je sortirai le vélo ! Arthur et toi, Daniel, vous pourriez vous arranger pour qu'il soit occupé dans une pièce de la maison d'où on n'aperçoit pas la remise ?

— C'est faisable, reconnut Arthur. Voyons... Il suffirait qu'il se trouve dans la salle à manger.

— C'est le meilleur endroit, en effet ! »

Les garçons passèrent l'après-midi à mettre au point « l'évasion » de Michel et à constituer son matériel.

« Au fait, tu vas certainement avoir besoin d'argent ! dit Daniel. On va mettre nos fonds en commun pour que tu n'aies pas d'ennui de ce côté-là ! »

Il avait été décidé que Michel partirait après le dîner. Ainsi aurait-il toute la nuit devant lui avant que Lenvace ne s'aperçoive de son absence.

*
* *

Tout se déroula facilement. Daniel et Arthur retinrent Lenvace dans la salle à manger pendant que Michel sortait le vélomoteur de la remise.

Puis, Michel alla ranger le véhicule au fond du verger et il revint au sous-sol attendre l'heure favorable.

Dès la tombée de la nuit, il sortit et gagna rapidement la route.

Il pédala un moment avant de mettre le moteur en marche. Puis, conscient de l'importance de ce qu'il allait accomplir, il s'engagea sur la route en réfléchissant intensément à un plan d'action possible pendant que la machine pétaradait régulièrement.

*
* *

Les trente kilomètres furent couverts en un peu plus d'une heure. Michel avait décidé de « ménager sa monture » pour « voyager loin » !

A l'entrée de Neuville-sur-Sèze, il mit pied à terre. Il était tard et ce n'était pas la peine de réveiller la population avec les pétarades de son moteur.

Il se rendait compte maintenant que l'obligation où il s'était trouvé de partir la nuit le desservait. Comment allait-il faire pour s'orienter, se renseigner, et tenter de découvrir où Sophie Radier pouvait être détenue ?

Tout semblait dormir, dans le village. On entendait parfois, assourdi, le son d'une radio mais nulle lumière ne permettait de dire que des gens veillaient.

Autant qu'il pouvait s'en rendre compte, le village s'allongeait le long d'une rue unique qui serpentait entre des maisons basses, des fermes sans doute, à en juger par les portes cochères.

Michel finit par déboucher sur une place au milieu de laquelle se dressait un bâtiment. C'était un lavoir, dans le bassin duquel une source se déversait avec un bruit frais. Michel s'approcha et après avoir appuyé son vélomoteur contre le bassin, se désaltéra et se rafraîchit le visage.

Aussitôt le garçon se sentit mieux. Le découragement qui l'avait envahi en arrivant dans ce village désert fit place à une énergie nouvelle.

« Je n'ai pas fait tout ce chemin pour rien », se dit-il.

La rue principale du village formait un coude prononcé en quittant la place. Michel décida d'aller jusqu'à la dernière maison et de revenir sur ses pas s'il ne trouvait pas le moyen d'entrer en communication avec quelqu'un.

Il en était là, poussant son vélomoteur à côté de lui, lorsqu'une puissante voiture surgit derrière lui. Michel tenta de se rabattre sur sa droite, mais il heurta le bord du trottoir et, entraîné par le poids de son véhicule, alla s'affaler contre la porte d'une maison. Sa tête heurta le panneau de bois et il perdit conscience.

Chapitre 15

Lorsqu'il revint à lui, Michel était assis dans une pièce éclairée, où marchait un poste de télévision dont on avait baissé le son.

Une jeune femme brune, une bassine et un linge à la main, humectait le visage du garçon. En face de lui, un homme d'une trentaine d'années regardait la scène d'un air soucieux.

Michel referma les yeux, ébloui par la lumière.

« Rien de cassé ? demanda l'homme.

— Heu... Une bosse, tout au plus ! répondit le garçon qui venait de se tâter le front.

— C'est une voiture qui vous a heurté ? demanda son hôte. Faudrait prévenir les gendarmes ! »

En dépit de la légère torpeur qui embrumait encore son esprit, Michel perçut immédiatement tout le danger de cette proposition. Si les gendarmes étaient prévenus, ils poseraient des questions auxquelles le garçon ne pourrait pas répondre d'une manière satisfaisante.

« Je suis tombé tout seul ! expliqua-t-il. C'est vrai, j'ai voulu appuyer sur la droite, en voyant arriver une voiture. J'ai été entraîné par le vélomoteur qui avait heurté le bord du trottoir. Vous savez ce que c'est ? On se prend les pieds dans la pédale et "Pan !", c'est la chute !

— C'est moins grave que je ne pensais ! dit l'homme. Au fond, je préfère ! S'il avait fallu appeler les gendarmes c'était encore toute une affaire ! Mais dites-moi, ce n'était pas une grosse voiture noire, qui roulait très vite, que vous avez voulu éviter ?

— Si, je crois.

— Ce devait être celle des nouveaux habitants ! déclara l'homme à l'intention de sa femme. Je ne sais pas ce qu'ils manigancent, ceux-là, mais on n'a jamais vu autant d'allées et venues de voitures que depuis qu'ils sont là ! Ils conduisent comme des fous ! Et pas sympathiques, avec ça ! »

Puis, se tournant vers le garçon, il demanda :

« Vous n'êtes pas du pays, n'est-ce pas ?

— Non, en effet !

— Drôle d'idée de se promener à cette heure-ci. Vous allez loin ? »

Michel secoua la tête d'une manière qui ne signifiait pas grand-chose. Il prenait le temps de réfléchir. La curiosité de son hôte était légitime, mais la façon dont il fallait la satisfaire était problématique.

« Non, je ne vais pas loin. Je retourne à Chérac... »

L'autre écarquilla les yeux, haussa les sourcils.

« Hum... Vous rouliez à gauche, alors ? Parce que Chérac... c'est par là ! »

Il désignait du geste la direction par où Michel était arrivé !

« Bruno, tu ne crois pas que tu fatigues ce garçon, avec tes questions ? intervint la jeune femme. Il a besoin de se remettre.

— Tu as raison... Mais au fait nous ne nous sommes pas présentés ! Je suis Bruno Lifaure... et voici ma femme, Pierrette.

— Je suis Michel Thérais, dit le garçon. Enchanté ! »

L'énoncé de son nom parut produire un effet curieux sur ses hôtes. Une surprise qu'ils ne parvinrent pas à dissimuler.

Michel, qui ne pouvait croire que son nom fût connu des Lifaure, se demanda ce que cette surprise signifiait. Il leva vers eux un visage interrogateur.

Alors, après avoir échangé avec sa femme des regards étonnés, l'homme reprit la parole.

« Est-ce que vous n'auriez pas reçu une lettre non timbrée, ces jours-ci ? » demanda-t-il.

Cette fois, ce fut au tour de Michel de marquer sa stupéfaction. La scène lui paraissait si inconcevable qu'il se demandait s'il avait bien tous ses esprits. La chute qu'il venait de faire avait-elle été plus grave qu'il ne le pensait ?

Son attitude induisit M. Lifaure en erreur.

« Je vois que vous ne comprenez pas... Pourtant, j'aurais bien cru que c'était le même nom ! »

Michel comprit qu'il allait peut-être pouvoir obtenir des renseignements qui faciliteraient sa mission. Mais pouvait-il faire confiance à ses hôtes? Pouvait-il compter sur leur discrétion?

La jeune femme intervint.

« Bruno, dit-elle, tante Léa ne serait pas contente que tu parles de ces choses-là! C'est son secret professionnel que tu es en train de dévoiler!

— Elle a bien su me demander conseil, la tante Léa, quand elle a trouvé l'enveloppe dans la rue, devant la maison des nouveaux! »

L'escarmouche entre les deux époux donna le temps au garçon de se ressaisir.

« Pourquoi avez-vous parlé de secret professionnel? » demanda-t-il.

L'homme se renfrogna.

« La tante de ma femme, Léa, est la postière du village; du moins, en ce moment. Pendant les vacances du titulaire. Il y a bien quatre jours de ça, elle a trouvé sur le trottoir, devant la maison des nouveaux venus, une enveloppe un peu sale, sans timbre. Elle a d'abord pensé à la porter à la gendarmerie... Faut vous dire que ces gens dont je viens de parler, on ne les aime pas beaucoup, ici! On ne les voit jamais autrement que dans leurs voitures et ils n'ont pas l'air... honnête, si vous voyez ce que je veux dire? Puisqu'il y avait une adresse, c'est moi qui ai conseillé à la tante de l'acheminer normalement!

— Je vois, dit le garçon. C'est une coïncidence que ce soit justement la postière qui ait trouvé la lettre!

— Effectivement, répliqua l'homme. Mais elle habite juste à côté de la maison dont je vous ai parlé. On s'est même demandé, un moment, si la lettre n'avait pas été jetée d'une fenêtre de la maison... Et puis on s'est dit qu'on faisait du roman et que la meilleure façon d'agir, c'était d'envoyer la lettre à son destinataire. Seulement, cette lettre, avant de l'envoyer, on l'a regardée longtemps... et le destinataire qui figurait sur l'enveloppe, c'était justement Thérais, Michel Thérais... Alors, vous comprendrez que nous ayons pu être surpris en entendant votre nom!»

Michel, de plus en plus abasourdi, se demanda comment il allait se sortir de l'impasse où il se trouvait. S'il continuait à s'affirmer étranger à cette histoire — contre toute vraisemblance! — Bruno Lifaure serait peut-être tenté d'avertir la gendarmerie pour éclaircir le mystère de cette lettre qui semblait l'intriguer au plus haut point. Mais dans ce cas, la sécurité de M. Radier et celle de Sophie étaient compromises.

Mais s'il disait tout à ses hôtes, le croiraient-ils? Pour quelqu'un qui ne l'avait pas vécue depuis le début, toute cette affaire pouvait paraître tellement invraisemblable!

Michel ne savait plus à quel saint se vouer. Et l'attitude de l'homme montrait assez qu'il commençait à se poser des questions.

«Je ne peux pas tout vous expliquer,

monsieur, déclara-t-il enfin. Il s'agit d'un secret qui ne m'appartient pas. Mais je peux vous dire quand même une chose : j'ai bien reçu la lettre non timbrée que votre tante a postée. C'est pour cela que je suis ici!

— Un secret? Je comprends... ou du moins, j'essaie! Cela concerne sans doute nos nouveaux voisins? Vous savez, si je pouvais vous être utile, je le ferais volontiers! Mais si ce secret est si important...

— Il l'est, monsieur!

— Pardonnez-moi d'insister, mais je ne comprends pas qu'un tel secret puisse être connu d'un garçon de votre âge... Vous n'avez pas plus de quinze ans, n'est-ce pas?

— En effet.

— Et vous espérez réussir quelque chose contre ces gens-là, tout seul? insista l'homme.

— Je ne sais pas, monsieur, mais il faut que je tente quelque chose, c'est sûr!»

A ce moment, la jeune femme intervint à nouveau. Manifestement, elle aurait voulu que son mari n'allât pas plus loin et ne se mêlât pas de l'affaire.

«Bruno! dit-elle, cesse de le tourmenter avec tes questions. Tu vois bien qu'il ne peut pas en dire plus.»

Le mari fronça les sourcils.

«Evidemment, si ce jeune homme juge qu'il ne doit rien m'expliquer, il a sûrement de bonnes raisons! Mais je persiste à croire qu'il ne pourra rien faire tout seul!»

Michel se sentait convaincu, peu à peu, que son hôte avait raison. Pourtant, s'il ne se trompait pas et si les «nouveaux» étaient bien ceux qui détenaient Sophie Radier, il était dangereux de mêler les Lifaure à l'aventure. Nul doute en effet qu'ils seraient l'objet de représailles en cas d'échec de sa tentative.

« Peut-être pouvez-vous au moins me renseigner, monsieur, déclara-t-il enfin. Est-ce que vous auriez aperçu, dans la maison dont vous me parlez, une jeune fille blonde, de dix-huit ans? »

L'homme fut catégorique :

« Non. Il n'y a avec eux qu'une vieille femme, qui fait les courses et ne dit pas plus que bonjour-bonsoir aux gens qu'elle rencontre à l'épicerie ou à la boucherie. Mais cela ne veut pas dire que la jeune fille n'est pas là... *puisqu'elle vous a écrit!* »

Michel ne put retenir un sourire. Bruno Lifaure était astucieux. Il avait une façon d'avancer vers la vérité, sans en avoir l'air, qui prouvait son intelligence. Le garçon résolut alors de lui révéler une partie de la vérité, sans toutefois prononcer de nom.

... « Et libérer la prisonnière reviendrait donc à libérer son père de la menace et de la surveillance qui pèsent sur lui », conclut-il après un rapide exposé des faits.

Bruno Lifaure réfléchit.

« Je pense que la chose n'est peut-être pas impossible, dit-il après un moment. Parce que ces hommes sont loin d'imaginer que vous avez pu les repérer. Oh! ils doivent être sur leurs gardes, quand même, mais je suppose qu'ils se croient relativement en sécurité! Le tout est d'imaginer un moyen de les prendre en défaut! »

Aussitôt, tous deux se mirent en devoir de trouver un plan qui pourrait permettre de libérer Sophie Radier.

Michel estima que le seul moyen valable était d'attirer les habitants de la maison hors de chez eux, de provoquer une sorte de panique afin de pouvoir rejoindre la jeune fille.

« Seulement, voilà, quel moyen employer ? » dit le garçon en soupirant.

Son hôte était plongé dans une méditation profonde. Tout à coup, son visage s'éclaira.

« Je crois que j'ai trouvé, dit-il. C'est un peu risqué, mais ça devrait marcher ! »

Dominant son impatience, Michel attendit que Bruno Lifaure voulût bien expliquer son idée.

Chapitre 16

« C'est un moyen un peu brutal, mais nous n'avons pas le choix ! commença Bruno Lifaure. Vous n'auriez pas pu l'employer, mais moi je peux ! Cela va faire du raffut dans le village, je vous le dis ! Après ce sera à vous de jouer !

— Et comment allez-vous faire ? demanda le garçon.

— C'est simple... Notre tante Léa possède une vieille grange toute délabrée tout à côté du garage de ces messieurs. Il y reste quelques ballots de paille pressée... Je vais y mettre le feu ! Cela fera une formidable flambée et en raison de la proximité du garage, je suppose que ces messieurs vont réagir et s'agiter un peu.

— Est-ce que ce n'est pas trop dangereux ? demanda Michel.

— Non ! Car placée comme elle est, la grange ne risque pas en fait de mettre le feu à autre chose. Et comme la tante voulait la démolir par crainte qu'elle ne tombe un jour sur quelqu'un, ce sera faire œuvre utile!»

Michel finit par accepter l'idée.

«Bon, dit-il, supposons que le feu soit allumé. Supposons que j'aie réussi à pénétrer dans la maison et à trouver Sophie...

— Ah! elle s'appelle Sophie? demanda l'homme malicieusement.

— Oui. Donc, supposons que Sophie soit libérée... Où vais-je pouvoir la cacher? Parce que j'imagine que ses gardiens vont s'apercevoir très vite qu'elle n'est plus là!»

Bruno Lifaure réfléchit rapidement.

«Eh bien, pendant que tout le monde s'agitera du côté de la grange, ma femme sortira la voiture. Nous serons loin avant que les autres se décident à partir en chasse!

— Mais si l'incendie menaçait de s'étendre tout de même?» objecta encore Michel.

L'homme avait pensé à cette éventualité, car il répondit aussitôt :

«Le village compte quand même quelques pompiers. Si ce que vous m'avez raconté est exact, si l'affaire est aussi importante que vous l'avez dit, je n'ai pas de scrupules à les déranger cette nuit! Lorsqu'ils apprendront le fond de l'histoire, ils seront contents d'avoir contribué à son dénouement!»

Michel déclara ensuite qu'avant de déclencher l'opération, il fallait peut-être reconnaître le mieux possible la maison des «suspects».

Bruno Lifaure l'emmena dans son jardin, et de là dans la campagne, derrière les habitations. Un chien manifesta mollement sa vigilance, mais reconnaissant sans doute M. Lifaure, n'insista pas.

L'homme et le garçon parvinrent près d'un groupe d'habitations.

« Voici la maison de la tante Léa, murmura Bruno Lifaure en désignant une bâtisse assez petite. Et voilà la maison de vos adversaires ! »

C'était une sorte de ferme, au toit bas, percé de fenêtres, et qui formait un L. A quelque distance du jambage de ce « L » se trouvait la grange condamnée.

Un jardin visiblement abandonné, pour autant que le faible clair de lune permettait de le voir, était entouré d'une haie d'arbustes, du côté des champs.

« C'est sans doute par ici qu'il faudra que j'entraîne Sophie, chuchota Michel à l'oreille de son compagnon.

— Oui... Il y a une porte délabrée, au milieu de la haie. »

Tous deux examinèrent la façade arrière de la maison. Aucune lumière ne filtrait. On pouvait croire que toute la maisonnée était endormie... ou même que la maison était vide ! Michel repéra deux portes dans la façade, et trois fenêtres dont les volets étaient fermés.

« Je crois que je vais aller me dissimuler le plus près possible de la maison avant que vous ne mettiez le feu ! déclara Michel.

— Il y a tout un massif de groseilliers, là-bas, près de la maison. C'est l'endroit idéal ! dit l'homme.

— Bon... On y va ? demanda Michel.

— Oui. Dès que vous aurez libéré la jeune fille, courez vers la voiture au bout du chemin! Elle sera prête à partir. Bonne chance!»

Michel s'approcha de la haie, trouva la porte mal en point qui acheva de se disloquer lorsqu'il la poussa. Puis, en rampant, il progressa lentement vers la maison.

Comme toujours au moment de l'action, il se sentait étrangement calme. Une seule pensée l'habitait : celle de ne pas manquer l'unique chance qui se présentait à lui de libérer Sophie, et de faire ainsi échec aux espions.

Il parvint sans encombre dans le massif de groseilliers et il y resta allongé, prêt à intervenir dès que Bruno Lifaure aurait allumé l'incendie, ou du moins, dès que les occupants de la maison seraient suffisamment affolés.

«Si seulement je savais combien ils sont!» se dit le garçon.

Il aperçut à proximité de l'endroit où il se trouvait une troisième porte qu'il n'avait pas pu voir de loin, car elle était masquée par les groseilliers. C'était la porte d'un cellier, sans doute, placée en contrebas du reste du jardin.

Michel se dit que ce serait peut-être un gain de temps précieux de s'introduire dans la maison avant le déclenchement des opérations. Il pourrait ainsi se repérer. Il n'hésita qu'un instant puis, toujours en rampant, se glissa vers la porte, par un escalier de briques moussues. Une énorme clef se trouvait fichée dans la serrure.

« Hum... Est-ce que l'on n'aurait accès que de l'extérieur ? se demanda Michel. Tant pis, je vais voir ! »

Il parvint à faire tourner la clef qui grinça légèrement. Lentement, le garçon poussa la porte. A peine l'eut-il entrebâillée qu'une odeur de moisissure l'assaillit.

« Hum... On ne doit pas s'en servir souvent, de ce cellier ! » pensa-t-il.

Il acheva d'ouvrir la porte et, camouflant le verre de sa lampe entre ses doigts, il examina l'intérieur.

Des tonneaux hors d'usage étaient alignés sous une voûte en croisée d'ogives. Un pressoir de petit format, emprisonné dans d'épaisses toiles d'araignée, occupait le centre du local. Et il y avait encore quelques grappes de raisin desséchées, au fond des bennes.

Mais Michel fut beaucoup plus intéressé par une sorte de soupirail, dans le plafond, d'où descendait un toboggan vermoulu. Le bois avait cédé par endroits montrant les supports métalliques. Michel comprit aussitôt à quoi servait autrefois ce toboggan : on y déversait la vendange à travers l'ouverture supérieure.

Le garçon s'approcha du soupirail, bouché par des planches. Il parvint à utiliser les trous dans la rampe pour se hisser jusqu'au niveau de l'ouverture. Avec d'infinies précautions, il tenta de soulever l'une des planches. Elle céda, libérant un mélange de poussière et de foin émietté qui tomba sur la tête de Michel. Le malheureux eut bien du mal à ne pas éternuer ! Il resta un

moment immobile à essayer de libérer ses yeux de la poussière qui les avait assaillis.

Il fut plus adroit pour la seconde planche. S'il reçut autant de poussière, du moins baissa-t-il la tête et ferma-t-il les yeux à temps.

Lorsque l'ouverture fut entièrement libérée, Michel se hissa à son niveau pour regarder à l'intérieur. Il n'osa pas allumer sa lampe, mais ses yeux, accoutumés à l'obscurité, finirent par discerner deux voitures, deux longues automobiles dont la vue le réjouit. A la force des bras il effectua un rétablissement et se trouva sur le sol du garage.

En peu de temps, il eut dégonflé deux pneus à chacune des deux voitures.

« Ça commence bien, se dit-il, satisfait. La poursuite sera difficile, messieurs... Si elle a lieu ! »

A ce moment-là, il perçut une lueur rouge par un œil-de-bœuf situé au fond du garage.

« Ça y est, Bruno Lifaure a mis le feu ! »

Mais, brusquement, Michel comprit quel danger il courait, pour avoir pénétré dans le garage. La première réaction des habitants de la maison serait sans doute de vouloir sortir les voitures, qu'ils croiraient menacées par l'incendie.

Le garçon voulut retourner dans le cellier, mais il n'en eut pas le temps. Le bruit d'une course retentit et une porte, qu'il n'avait pas encore remarquée, s'ouvrit à la volée. Deux hommes se précipitèrent vers le portail du garage dans l'intention de l'ouvrir.

Michel n'hésita pas. Il se glissa dans la maison par la porte restée ouverte. Un couloir que l'on n'avait pas pris le temps d'éclairer le conduisit au pied d'un escalier, dans une sorte d'entrée sur laquelle se trouvaient trois portes.

L'une d'elles, ouverte, montrait le jardin : donc, certains membres de la bande étaient sortis par là.

Les flammes de l'incendie éclairaient d'une lumière dansante l'intérieur de la maison.

Michel, tous ses sens aux aguets, raisonna rapidement. Il y avait peu de chance que Sophie fût gardée au rez-de-chaussée. Le garçon s'élança dans l'escalier quatre à quatre. Là encore, la porte de l'étage était ouverte, quelqu'un était sorti précipitamment.

Mais une surprise attendait Michel : l'étage n'était qu'un vaste grenier aménagé en mansarde. L'obscurité qui y régnait était à peine combattue par la lueur de l'incendie qui soulignait d'un liséré rougeâtre les volets des étroites fenêtres. Michel n'en discerna pas moins un petit lit de fer sur lequel une forme immobile était allongée. Il s'approcha prudemment. Le faisceau de sa lampe, tamisé entre ses doigts, éclaira une masse de cheveux clairs. Le cœur du garçon s'emballa : c'était bien une jeune fille, une jeune fille ressemblant à la photographie de la carte d'identité, qui dormait là, tout habillée.

Michel secoua la dormeuse, en espérant qu'elle n'allait pas se mettre à crier en s'éveillant. Mais, très vite, l'inertie du corps renseigna le garçon : Sophie Radier se trouvait sous l'effet d'un soporifique!

La gravité de la situation faillit avoir raison de l'énergie de Michel. Comment allait-il pouvoir faire sortir la prisonnière endormie? Un sursaut lui rendit son courage. Il chargea la jeune fille sur son épaule et fila vers l'escalier. Heureusement, Sophie Radier n'était ni très grande ni très lourde.

Michel s'attendait à tout instant à voir surgir l'un des ravisseurs. Chargé comme il l'était, il ne pourrait rien faire pour lutter contre quiconque. Pourtant, péniblement, il parvint dans le couloir sans encombre. Il comprit tout de suite qu'il n'avait aucune chance de traverser le jardin sans être vu. Il choisit la porte d'entrée, dont la clef était dans la serrure. Une fois la porte ouverte, il jeta un coup d'œil circonspect dans la rue avant de s'y engager. Un spectacle inattendu s'offrit à sa vue.

Chapitre 17

Les deux voitures que Michel avait aperçues dans le garage encombraient la rue. Dans leur précipitation, sans doute, les deux hommes n'avaient pas eu la possibilité de découvrir les pneus dégonflés. Déséquilibrée, la première voiture s'était mise en travers de la route et la seconde l'avait heurtée de plein fouet.

Au milieu d'un groupe de curieux, les deux hommes s'invectivaient en cherchant à comprendre ce qui leur était arrivé.

Michel put profiter de la présence des badauds qui s'agitaient autour de la grange en flammes pour se glisser avec son fardeau vers la maison des Lifaure.

Il n'était pas au milieu du chemin qu'il vit une voiture sortir de leur cour. Mme Lifaure était au volant.

Il était temps! Les jambes tremblantes, le garçon était à bout de forces. La jeune femme se précipita, ouvrit la porte arrière du véhicule et Sophie y fut aussitôt allongée.

« Mais qu'est-ce qu'elle a donc ? demanda Mme Lifaure, alarmée. Elle est évanouie ?

— Je ne crois pas, répondit Michel haletant. On a dû lui donner un soporifique ! Elle dort !

— Mon pauvre garçon... Vous voilà bien mal en point ! Montez ! Mon mari m'a bien recommandé de ne pas rester ici ! Les gendarmes sont prévenus et ils vont cerner la maison. Ces bandits ne pourront pas s'échapper ! »

Michel s'assit à côté de la jeune femme qui avait repris sa place au volant. La voiture s'éloigna rapidement. La foule était dense, maintenant, à proximité de la maison des espions.

« Je crois que je vais conduire cette jeune fille chez notre médecin, le docteur Kreter », dit Mme Lifaure.

Michel ne trouva rien à objecter. Il était en proie, pour le moment, à la réaction qui suit un intense effort physique. S'il avait été seul, sans doute se serait-il endormi comme une masse. Après la tension nerveuse de ces dernières minutes, il se sentait complètement vidé.

La voiture s'arrêta bientôt devant une maison un peu isolée. Mme Lifaure sonna. Une lumière s'alluma et une femme parut sur le seuil.

« Qu'est-ce que c'est ? » demanda-t-elle.

Mme Lifaure se nomma, puis elle aida Michel à porter Sophie Radier dans la maison.

En quelques mots, Mme Kreter, une charmante jeune femme au visage très doux, fut mise au courant. Son mari, un homme mince, très sympathique d'allure, survint bientôt. Après avoir écouté les explications, il déclara :

« Il n'y a rien d'autre à faire que de la laisser dormir. Vous pouvez me la confier. Demain, au réveil, je pourrai lui faire une piqûre qui la remettra d'aplomb. Prévenez les gendarmes de sa présence ici, mais qu'ils ne la dérangent pas maintenant. »

Michel repartit avec Mme Lifaure qui le conduisit chez elle. Bruno Lifaure revint bientôt, l'air enchanté.

« Nos pompiers ont fait merveille, dit-il. L'incendie est maîtrisé. Tout le monde se demande comment il a bien pu prendre. On accuse plus ou moins nos zèbres d'en être les responsables par imprudence. En attendant, ils sont entre les mains des gendarmes ! Au fait... et la jeune fille ? »

Mme Lifaure expliqua ce qui s'était passé.

« Bravo, c'était en effet la meilleure chose à faire. Et ce garçon, que veut-il faire maintenant ? »

Michel sursauta. Il s'était presque assoupi sur sa chaise.

« Je vais reprendre mon vélomoteur et retourner là-bas », répondit-il.

L'homme sourit en hochant la tête.

« Hum... Pour rouler dans le fossé dans cinq minutes ? Pas question, je vous reconduis ! »

Michel parvint à recouvrer sa lucidité.

« C'est impossible ! Il reste un des complices de la bande dans la maison du professeur Radier !

— Ça change tout ! répliqua l'homme. Ça regarde la police... Je vais en toucher un mot au brigadier ! »

Bruno Lifaure décrocha le téléphone et il obtint rapidement la gendarmerie. Il expliqua son problème et reçut des instructions précises. Lorsqu'il eut raccroché, il déclara :

« Voilà... Je vais vous reconduire jusqu'à la gendarmerie de Chérac. Les gendarmes nous accompagneront ensuite jusqu'à la maison du professeur, et ils arrêteront le complice dont vous venez de parler. Mais avant de partir nous allons prendre une bonne tasse de café ! Je crois que nous en avons besoin ! »

Quelques minutes plus tard, Michel prenait place dans la voiture de Bruno Lifaure. Bientôt, bercé par les mouvements du véhicule, il s'endormit profondément. Sa dernière pensée consciente fut de se demander si Lenvace ne s'était pas aperçu de sa disparition !

*

* *

Lorsque Michel se réveilla, il mit quelques instants à comprendre qu'il se trouvait dans la cour de la gendarmerie de Chérac. Il faisait nuit noire et seule une fenêtre protégée par de lourds barreaux étaient éclairée.

« Nous sommes arrivés ! » dit M. Lifaure.

L'air frais acheva de tirer Michel de sa torpeur. Deux gendarmes, prévenus par la brigade de Neuville-sur-Sèze, les attendaient.

« Ils sont bien gentils, nos collègues, dit l'un des policiers, mais ils ont tout simplement oublié que nous ne pouvons agir qu'après le lever du soleil ! C'est la loi ! Et demain matin, ce ne sera pas avant quatre heures quatre minutes ! »

La précision faillit faire sourire le garçon. Mais il venait de penser, tout à coup, à la présence des jumeaux, de Daniel et d'Arthur, dans la maison ! Si Lenvace s'était aperçu de son départ, n'étaient-ils pas en danger ? Il se tut cependant.

« Il faut attendre, poursuivait le gendarme. Evidemment, vous ne savez pas où aller ? Je ne vois qu'une solution : installez-vous ici ! Si vous voulez dormir, il y a les bat-flanc de la cellule ! »

M. Lifaure sourit :

« Ce sera bien la première fois que vous dormirez dans une cellule de prison ! » fit-il remarquer.

Mais Michel prit une décision.

« Je crois que je ferais mieux de regagner la maison de M. Radier, dit-il. J'ai une chance que mon absence n'ait pas été remarquée par Lenvace. Et demain matin, quand vous arriverez, je serai sur place pour éviter que mon frère et ma sœur qui sont très jeunes ne prennent peur et ne commettent une imprudence ! »

Le gendarme réfléchit. Il ne semblait pas très partisan de cette solution. Pourtant, il finit par accepter.

« Dommage que M. Radier ne nous ait pas alertés plus tôt, dit-il.

— Il ne le pouvait pas, monsieur, aussi

longtemps que sa fille était prisonnière! répondit le garçon.

— Je sais... Je sais... Demain, la D.S.T. prendra les choses en main. Monsieur Lifaure, vous allez conduire ce jeune homme à proximité de la maison. Mais vous n'intervenez sous aucun prétexte, n'est-ce pas?

— Entendu, brigadier! D'ailleurs, je pense que je ferais mieux de retourner chez moi, de manière à ramener cette demoiselle à son père, demain, quand le médecin l'aura soignée.»

L'homme et le garçon quittèrent donc la gendarmerie. Lorsqu'ils arrivèrent à proximité de la villa. Michel fit arrêter le véhicule à bonne distance afin de ne pas alerter Lenvace.

«Vous êtes sûr de ne pas avoir besoin de moi? insista Lifaure.

— Non, je vous remercie... Tout se passera bien!»

Le garçon serra la main du sympathique fermier et la voiture repartit. Michel s'avança vers la villa.

La nuit était claire, la lune presque ronde commençait à baisser à l'horizon.

En arrivant devant la barrière, le garçon éprouva une surprise qui se transforma tout de suite en appréhension.

Contrairement à l'habitude, la barrière était grande ouverte.

«Est-ce que Lenvace serait troublé par les événements au point de ne plus penser à fermer les portes?»

Mais Michel n'était pas dupe de cette

explication qu'il s'était donnée pour tenter de dominer l'angoisse qui l'étreignait maintenant.

Il se hâta vers la porte du sous-sol et tira de sa poche la clef qu'il avait emportée.

Il ouvrit et pénétra sans encombre dans le couloir. Tout de suite, ce qu'il vit le confirma dans ses craintes...

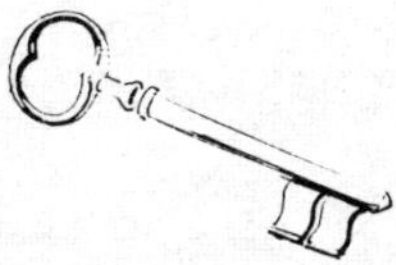

Chapitre 18

Les portes des chambres étaient ouvertes. Les lits étaient défaits, mais vides. Un instant, l'esprit de Michel fut la proie d'une terrible angoisse. Il aurait voulu nier la réalité, revenir en arrière, comme dans un cauchemar où l'on souhaite ardemment se réveiller pour échapper à un danger pressant.

La fatigue aidant, Michel connut un moment d'intense découragement. Des larmes perlèrent à ses yeux lorsqu'il comprit que les jumeaux, son cousin Daniel et Arthur n'étaient plus dans la maison. Il n'y avait guère d'explication possible en dehors d'un raid effectué par les espions : qu'il s'agît de ceux qui avaient détenu Sophie, ou de leurs adversaires. Avaient-ils pris aussi le professeur ?

Il s'étonna pourtant de ce que la porte du sous-sol ait été refermée à clef.

« Pourquoi les a-t-on pris en otage ? se répétait-il. Ils n'ont rien à voir dans l'affaire ! »

Il recouvra suffisamment son sang-froid pour penser à Lenvace.

«Si ce sont ses complices qui sont intervenus, il est peut-être encore dans la maison, à m'attendre!»

Michel décida de s'en assurer le plus tôt possible. Il gagna l'escalier qui conduisait à l'étage. Au beau milieu des marches il trouva un mouchoir. Un mouchoir de Marie-France. Il comprit aussitôt pourquoi la porte du sous-sol était fermée : on avait fait passer les enfants par l'étage, sans doute pour y rejoindre M. Radier.

Michel monta lentement. La salle à manger, comme la cuisine, comme les autres pièces de l'étage, était vide. Michel, en proie à une sorte de fièvre, grimpa plus vite l'escalier qui conduisait aux chambres. Mais il savait d'avance ce qu'il allait trouver. Toutes les pièces étaient vides; ni le professeur ni Lenvace ne se trouvaient dans la maison.

«Plus personne! murmura le garçon. La maison est déserte!»

Il erra un instant, machinalement, incapable de croire à ce qui lui arrivait.

Puis, brusquement, la vue du placard dans la chambre de Lenvace lui donna une idée.

«Qui sait, se dit-il. Peut-être vais-je apprendre quelque chose!»

Il ouvrit le placard dans lequel se trouvait le gros magnétophone. Les bobines tournaient encore, lentement, et la bobine réceptrice était assez épaisse.

« Pourvu qu'elle ne soit pas terminée depuis trop longtemps. »

Il examina l'appareil, parvint à rembobiner la bande, puis passa sur l'écoute.

Il y eut un long silence. Puis la voix des jumeaux, chuchotant et riant. La voix de Daniel, et celle d'Arthur, prononçant des banalités. La radio couvrit tout à coup les voix, au moment où, sans doute, Daniel et Arthur avaient voulu parler de choses que Lenvace ne devait pas entendre.

De nouveau, un long silence.

Puis des portes claquèrent. Des exclamations, des mots incompréhensibles prononcés sans doute par les jumeaux et les deux grands tirés brutalement du sommeil.

« Allez, ouste, debout ! Habillez-vous en vitesse ! Pas un mot, pas un cri ! Sinon gare ! »

Michel put se rendre compte qu'il y avait interférence entre deux scènes identiques se produisant au même moment dans les deux chambres. Il frémit de rage contenue en pensant à la frayeur qu'avaient dû éprouver son frère et sa sœur !

« Allons, plus vite ! Inutile de pleurnicher ! Allez, montez à l'étage et plus vite que ça ! »

Puis, une voix d'homme, très distincte :

« Nous sommes dans les délais ! Dans une demi-heure, tout le monde sera en cage ! »

Les bruits s'affaiblissaient ensuite. Quelques minutes plus tard retentit le grondement d'un moteur. Puis de nouveau le silence... jusqu'à la fin de la bande.

Michel resta anéanti un court instant. Ainsi, il ne s'était pas trompé. Des bandits étaient bien intervenus et c'étaient eux qui avaient emmené les habitants de la villa.

« Pourquoi Lenvace a-t-il laissé derrière lui cette bande magnétique ? » se demanda le garçon.

La réponse était claire : il avait lui-même été surpris et il avait eu affaire à des adversaires et non à des complices.

« Ils auront compris que Sophie n'était pas la fille du professeur ! Et ils ont joué le tout pour le tout ! »

Par prudence, Michel retira la bobine et la dissimula sous le matelas du lit.

Puis il redescendit dans le salon.

La vue du téléphone le réconforta un peu. Il se sentit moins isolé.

« Je dois prévenir les gendarmes ! » se dit-il.

Pourtant, avant de décrocher le combiné, Michel alla fermer toutes les portes et verrouilla celles qui donnaient sur l'extérieur.

Puis il chercha le numéro de la gendarmerie et le forma sur le cadran.

En peu de mots, Michel expliqua la situation au gendarme, d'abord incrédule.

« C'est bien, nous arrivons immédiatement ! dit le policier. Ne touchez à rien ! »

Michel chercha ensuite le numéro des Lifaure et celui du docteur Kreter, à Neuville-sur-Sèze.

Il dut attendre assez longtemps avant d'obtenir une réponse. Bruno Lifaure fut littéralement suffoqué d'apprendre ce qui s'était passé.

« J'arrive à peine ici, dit-il. Je n'ai pas roulé vite... Que voulez-vous que je fasse ? Avez-vous besoin de moi ?

— Heu... Oui, il me semble que Sophie

Radier n'est peut-être pas en sécurité... Je veux dire que si ceux qui sont venus ici apprenaient qu'elle se trouve à Neuville-sur-Sèze, ils n'hésiteraient sans doute pas à essayer de l'enlever, elle aussi!

— C'est possible, en effet. On va aviser tout de suite avec les gendarmes!»

Bien que ce coup de téléphone fût peu de chose eu égard à la gravité de la situation que Michel avait à affronter, le fait d'avoir réagi suffit à lui rendre une partie de sa confiance.

«C'est vraiment le comble de l'ironie, se dit-il. Je libère la fille pendant que d'autres enlèvent le père!»

Très peu de temps après, la voiture de la police pénétrait dans le jardin du professeur Radier.

Le brigadier, après les premières constatations de routine, écouta la bande du magnétophone.

«Renseignement intéressant, dit-il. Une demi-heure, cela va limiter le champ des recherches. Je vais faire mon rapport immédiatement et demander du renfort.»

Il alla téléphoner à ses supérieurs et les mit au courant de ce que Michel avait découvert. Celui-ci entendit la fin de la conversation.

«Le plan "Z"? disait le brigadier. Oui, je crois! En tout cas une affaire importante, sans aucun doute, mon capitaine!»

Il raccrocha et revint vers Michel.

«Le nécessaire va être fait immédiatement, lui dit-il. Dans une demi-heure toute la zone sera bouclée. Nos zèbres ne s'attendent certainement pas à une riposte aussi rapide!»

Il apparut que le laboratoire du professeur avait été fouillé de fond en comble, de même que la remise. Michel se souvint des paroles de M. Radier : «Jamais vous ne découvrirez l'endroit où j'ai dissimulé le résultat de mes travaux!»

Il y avait fort à parier que ce n'était pas par cette fouille rapide que les espions avaient pu réussir là où Lenvace et sa complice avaient échoué en restant sur place pendant des jours!

Michel n'avait aucun espoir de découvrir ce que les autres avaient cherché en vain, avec autant d'acharnement. Pourtant, comme il n'avait rien d'autre à faire que d'attendre, il erra dans le laboratoire. Il était visible que le professeur n'avait pas travaillé réellement depuis un certain temps déjà. Sans doute depuis la disparition de sa fille.

«Lenvace devait chercher partout, se dit le garçon. Quel calvaire cela a dû être pour M. Radier!»

Dans un coin, une bibliothèque technique comportait d'importants ouvrages. Michel lut quelques titres, rébarbatifs à souhait. Il faillit abandonner lorsque son regard fut attiré par un très vieux livre, dont la reliure était très fatiguée.

Le titre parut surprenant au garçon : *Eléments pratiques d'électro-acoustique.*

«Ce livre n'a rien à voir avec les autres, remarqua Michel. Pourquoi le professeur le garde-t-il dans sa bibliothèque?»

Il venait de remarquer la date du copyright[1] : 1932! Il feuilleta le livre dont le papier avait jauni. Quelques illustrations émaillaient le texte.

Michel se mit à tourner les pages, lisant une phrase de temps à autre. Les effets de la fatigue qu'il ressentait encore agissaient sur sa faculté d'attention.

Pourtant, tout à coup, il tressaillit. Une gravure qu'il avait regardée machinalement et qu'il venait de dépasser, provoqua en lui un choc curieux.

« Où ai-je déjà vu ça ? » se demanda-t-il, en tournant les pages en arrière.

L'étrange boîte surmontée de deux bobines lui rappelait vaguement quelque chose... Et brusquement, il se souvint. C'était l'objet que Daniel, Arthur et lui avaient examiné chez le brocanteur, M. Desbranches. Seule l'absence des bobines donnait un aspect différent à l'appareil.

« Je vais donc mettre un nom sur cet appareil, pensa Michel. Ce nom que nous avons cherché en vain dans l'inventaire établi par M. Radier quand il a fait enlever les vieilleries de la remise. »

Il lut la légende de la gravure et la lumière se fit dans son esprit!

« Enregistreur de sons... Cette expression figurait dans l'inventaire! Mais comment est-ce possible ? »

Le paragraphe concernant l'appareil

1. *Copyright :* droit que détient un auteur ou un éditeur et dont la date est indiquée au début d'un livre.

acheva de le renseigner. Il s'agissait en réalité d'un magnétophone qui enregistrait les sons sur un fil d'acier, au lieu d'une bande de plastique, comme sur les modèles récents. Ce fil s'enroulait sur deux bobines, mais, en raison de sa forme cylindrique, il n'était pas question de le placer sur une galette plate. Les bobines se présentaient à peu près comme des bobines de fil à coudre.

« Ça, alors!... pensa le garçon. En voilà un dispositif! »

Mais le plus curieux, ce fut l'explication que Michel lut ensuite :

« *Afin d'assurer une répartition facile du fil sur les bobines, le dispositif de lecture monte et descend pour suivre le fil...* Voilà l'explication! Pourvu que M. Desbranches n'ait pas vendu cet appareil! Je serais curieux de le revoir, maintenant que j'ai ce bouquin! »

A ce moment, le garçon fut distrait dans ses préoccupations par le bruit de plusieurs voitures qui arrivaient à la villa. Sa première réaction fut d'imaginer, un instant, un retour en force des espions.

« Ce serait extraordinaire si les gendarmes se laissaient surprendre à leur tour! » pensa-t-il.

Et, prudemment, Michel sortit du laboratoire, sans se rendre compte qu'il emportait le livre sur les *Eléments pratiques d'électro-acoustique!*

Chapitre 19

En réalité, les voitures, au nombre de trois, amenaient des renforts de police. Un colonel de gendarmerie et un civil — important, sans doute, à en juger par la déférence que lui témoignaient les gendarmes — descendirent d'une voiture cependant que d'autres personnages, en civil également, sortaient des deux autres.

Le brigadier de gendarmerie, au garde-à-vous, donna des explications aux arrivants. Puis, sur une question du civil, le brigadier fit signe à Michel d'approcher.

« Thérais, cria-t-il, voulez-vous venir ? »

Le garçon obtempéra.

« M. le sous-préfet et le colonel des forces de gendarmerie souhaiteraient vous parler ! »

Les deux hommes examinèrent un instant le garçon.

« Ainsi, voici l'unique rescapé de cette affaire ? dit le sous-préfet. Mes compliments, mon garçon, je viens d'apprendre que votre esprit d'initiative aura au moins

permis de libérer Mlle Radier et de faire arrêter ses ravisseurs! Hélas, il semble que cela n'ait pas suffi à annihiler l'action d'autres espions, ceux qui ont enlevé le professeur!»

Puis, se tournant vers le colonel, le sous-préfet poursuivit :

«Il est vraiment dommage que le professeur Radier n'ait pas communiqué en temps utile le résultat de ses recherches aux autorités compétentes! Cela aurait coupé l'herbe sous le pied à l'espionnage industriel international! Il est à craindre maintenant que, sous certaines pressions que nous pouvons facilement imaginer, le professeur ne livre son secret à ses ravisseurs!

— Dommage, en effet, reconnut le colonel. Evidemment, si nous avions la chance de trouver nous-mêmes le résultat de ces travaux, la seconde équipe d'espions n'aurait plus aucune raison d'essayer de faire parler le professeur! Mais voilà... où chercher et quoi chercher?

— D'autant plus que si j'ai bien compris les premiers rapports sur l'affaire, reprit le sous-préfet, le couple d'espions qui avait réussi à s'installer ici et à mener activement les recherches n'a eu apparemment aucun succès! Enfin!... D'ici ce soir toute la région aura été ratissée par les forces de police. Ils ne peuvent pas nous échapper!»

N'ayant plus à répondre aux questions des autorités, Michel put s'éloigner, son livre à la main. Machinalement, il regagna sa chambre et s'allongea sur son lit. En dépit de l'inquiétude qu'il éprouvait, la fatigue eut raison de lui. Il s'endormit profondément.

*
* *

Michel se trouva soudain mal en point. Il était enserré dans un fil d'acier dont Lenvace et la fausse Sophie tenaient les extrémités. Il s'efforçait désespérément de se libérer de ce lien, mais en vain!

Il s'éveilla brutalement, transpirant sous le coup du cauchemar qu'il venait de faire.

Presque aussitôt, il retrouva intacte l'angoisse qui l'avait étreint quand il avait découvert la disparition des jumeaux et de ses amis.

Mais plus que tout, le sentiment de son impuissance l'accablait. Il fallait laisser agir les autres. Certes, les moyens mis en œuvre étaient puissants, ce qui donnait une idée de l'importance des travaux menés à bien par le professeur Radier. Mais Michel ne pouvait supporter l'inaction devant l'adversité. Et pourtant, pour le moment, il en était réduit à attendre...

Il consulta sa montre. Il était dix heures du matin! Il avait donc dormi six heures d'affilée! Comme il avait faim, il monta à l'étage et entreprit de se confectionner un petit déjeuner copieux dans la cuisine. Tout en mangeant il restait songeur.

« Quel étrange cauchemar j'ai fait là... se dit-il. Entortillé dans ce fil de fer... »

Lorsqu'il eut achevé son bol de lait et ses tartines, il regagna sa chambre. Le livre sur l'électro-acoustique se trouvait toujours sur son lit.

« Je me demande comment on pouvait écouter ce magnétophone à fil ? La boîte n'est pas d'une taille telle qu'il puisse s'y loger un amplificateur ? »

Il se rappela l'étrange haut-parleur en forme de corne d'abondance que M. Desbranches avait emporté avec toutes les vieilleries de la remise.

Cette évocation provoqua chez le garçon un curieux déclic. Il se revit dans la remise, avec le professeur Radier qui suspendait lui-même la chaussure de la fausse Sophie au fil tendu en travers de la pièce... Et brusquement, les paroles prononcées alors par le savant lui revinrent en mémoire ! Etranges paroles, en vérité !

« *Il ne faut pas que la boucle métallique touche le fil...* » Puis, un moment plus tard, cette étonnante déclaration : « *Ce simple fil d'acier a plus de valeur que les bricoles qui encombrent cette pièce !* »

« Moi, j'aurais dit *fil de fer...* pensa Michel. Tout le monde aurait dit *fil de fer...* Or, il a dit fil *d'acier*, et un fil d'acier qui a de la valeur ! Pour qui ? Est-ce que... »

Michel n'osa pas formuler entièrement sa pensée. La chose lui paraissait à la fois si absurde et si inespérée, dans l'hypothèse où il pouvait avoir raison, qu'il préféra réfléchir encore.

« Au fond, la meilleure façon de cacher un objet, je l'ai toujours entendu dire, c'est encore de le mettre sous les yeux des gens ! Et, si je ne me trompe pas, le professeur s'est livré à cette plaisanterie deux fois! La première fois lorsqu'il a fait prendre par le brocanteur le magnétophone à fil d'acier, la seconde lorsqu'il a tendu le fil *magnétique* dans la remise. Cela explique qu'il n'ait pas voulu mettre du métal en contact avec son fil, de peur de détériorer l'enregistrement!»

Le garçon sentit sa conviction se renforcer lorsqu'il se souvint de la réputation du savant : un «conservateur», avait dit Lenvace, un conservateur affligé d'une manie : «Il ne peut se séparer des objets qui lui sont familiers!» Est-ce que par hasard M. Radier n'aurait pas enregistré le résultat de ses travaux sur ce vieux magnétophone?

Malgré la logique de son raisonnement et son importance, Michel se retint de faire part de son hypothèse aux policiers qui continuaient à chercher. Il avait besoin d'une confirmation, d'un indice qui lui permettraient d'étayer ses suppositions.

«Il n'y avait qu'une bobine sur l'enregistreur de sons du brocanteur... Si je retrouvais la seconde, je saurais si le professeur a pu se servir de l'appareil...»

Michel se décida. Il se dirigea vers la remise. Le fil était toujours là. La chaussure de la fausse Sophie s'y balançait encore. Un policier en civil effectuait des recherches minutieuses parmi les vieilleries qui jonchaient encore le sol.

«Du temps perdu! grommela-t-il en apercevant Michel. Comme si le professeur pouvait avoir eu l'idée de cacher un dossier ici, à la merci des rats!

— Est-ce que vous n'auriez pas aperçu

une bobine... une bobine métallique, pas très grosse ? »

L'homme fronça les sourcils. Visiblement, il trouvait la question incongrue.

« Une bobine ? J'avoue que j'étais loin de chercher une bobine... Mais... attends ! Il me semble avoir mis le pied sur quelque chose de rond qui a roulé. J'ai failli m'étaler sur ces ballots... Où était-ce donc ? Ah, j'y suis ! Contre le mur, là... »

Et l'homme désigna la base du mur sur lequel était fixée l'extrémité du fil d'acier. Celle-ci, passée dans un piton rond, pendait le long de la paroi. Lorsque Michel parvint en cet endroit, il vit la bobine, sur laquelle l'extrémité du fil était encore engagée...

La joie du garçon fut si violente qu'il en resta muet un instant, puis, sans prendre la peine d'expliquer au policier les raisons de son comportement, Michel sortit rapidement. Il fila, le plus vite qu'il put, jusque chez le brocanteur.

« Alors ? questionna celui-ci, il y en a du monde chez le professeur ! Et on ne peut plus circuler dans la région sans être arrêté par une patrouille militaire !

— La villa est occupée aussi, répondit le garçon, peu soucieux de donner des explications qui restaient sans doute plus ou moins secrètes pour le moment. A propos, vous avez encore cette boîte bizarre, avec une bobine, dont nous avons cherché le nom dans l'inventaire ?

— Une boîte... une bobine ? Attendez voir... Regardez donc dans l'arrière-boutique. Je n'ai pas eu le temps de m'occuper des vieilleries du professeur depuis l'autre jour.»

Michel ne se le fit pas dire deux fois. Il se mit à fouiller et trouva sans trop de peine «l'enregistreur de sons» tout à fait conforme à l'illustration du livre sur l'électro-acoustique.

«Est-ce que vous me permettez de l'emporter? demanda le garçon.

— L'emporter? Mais bien sûr! Je ne vois pas bien à qui je pourrais vendre ce truc! Ça n'a ni queue ni tête, cet appareil! Si ça vous amuse!»

Michel faillit répliquer que si l'appareil n'avait pas de queue, il avait au moins une tête... *de lecture!* Mais il estima que sa plaisanterie risquait de l'entraîner trop loin dans les explications. Il se contenta de remercier l'homme et de regagner la villa le plus vite qu'il put.

Devant la maison, le colonel était en train de parler avec le sous-préfet qui se trouvait à bord de sa voiture. Sans doute allait-il partir.

Michel entendit sa dernière phrase :

«Ne manquez pas de me tenir informé des développements de la situation, disait le haut fonctionnaire.

— C'est entendu, monsieur le sous-préfet!» répondait le colonel.

Lorsque la voiture préfectorale eut disparu, Michel s'approcha de l'officier.

«Monsieur, dit-il. je voudrais vous demander quelque chose!

— Est-ce important, mon jeune ami? Je suis très absorbé... Toutes ces recherches...

— Justement, monsieur. Si vous aviez un spécialiste en radio ou en électro-acoustique parmi vos subordonnés, peut-être pourrait-on arrêter les recherches!»

Visiblement, le colonel n'avait prêté qu'une attention distraite aux paroles du garçon. Seul le mot «recherches» accrocha son intérêt.

«Vous dites... arrêter les recherches? Je n'ai pas bien compris...»

Patiemment, Michel se mit à expliquer comment la découverte du livre sur l'électro-acoustique l'avait amené à supposer que le professeur avait pu utiliser le vieux magnétophone à fil pour enregistrer le résultat de ses travaux.

Le colonel sembla tomber des nues.

«Un magnétophone à fil? répéta-t-il, incrédule.

— Celui-ci, monsieur, répliqua Michel en tendant la boîte.

— Vous croyez que...? Après tout, au point où nous en sommes, je prends le risque de me couvrir de ridicule si votre imagination est un peu trop féconde! Vous dites un spécialiste en électro-acoustique? Eh bien, je vais demander ça!»

Et le colonel se dirigea vers son «command-car». Par radio-téléphone il demanda qu'un gendarme spécialiste de ces techniques soit envoyé sur place dans les plus brefs délais.

Michel, maîtrisant tant bien que mal son impatience, entreprit d'aller décrocher le fil d'acier qui se trouvait dans la remise.

« Pourvu que mon raisonnement soit exact ! se répétait-il. Pourvu qu'il soit exact ! »

Chapitre 20

Le policier qui poursuivait ses recherches dans la remise fut bien étonné quand il vit Michel décrocher avec précaution le fil d'acier.

« Tu aurais plus vite fait de le couper! suggéra l'homme. J'ai vu une pince, par là!

— Non, non. Je tiens à l'avoir entier, monsieur! » répondit Michel.

Et le garçon se mit à rembobiner le fil de son mieux sur la bobine métallique.

Il n'avait plus qu'à attendre. Il rejoignit le colonel qui, à son tour, s'était plongé dans la lecture des *Eléments pratiques d'électro-acoustique* dans le salon de la villa.

« Je commence à croire que vous pourriez bien avoir raison, mon jeune ami, dit le colonel en reposant le livre sur la table. Je vous félicite! Si jeune et déjà perspicace à ce point! Bien des adultes, ayant en main les éléments dont vous disposiez, n'auraient pas pensé à rapprocher les curieuses paroles du professeur de l'existence de cette boîte enregistreuse de sons! »

De temps à autre, l'officier manifestait son impatience en jetant un coup d'œil dans le jardin. Il consultait en même temps sa montre.

Un bruit de moteur, dans la cour, le fit se lever.

« Ah! voilà mon spécialiste, je crois », dit-il.

Mais Michel avait reconnu la voiture de Lifaure. Tout de suite il comprit que Sophie Radier, la vraie, arrivait.

Un instant plus tard, elle pénétrait en effet dans le salon. Mal remise sans doute de l'effet du soporifique, elle avait des gestes très lents, un peu comme une somnambule. La vue du colonel parut l'étonner prodigieusement.

Ce fut au garçon qu'elle s'adressa tout d'abord.

« Vous êtes Michel? dit-elle, M. Lifaure n'a pas cessé de me parler de vous pendant le trajet! C'est vous qui m'avez sauvée cette nuit?

— Sauvée... Disons que je suis allé vous chercher à Neuville! J'avais reçu votre carte...

— Je n'avais pas beaucoup d'espoir! Mais c'était la seule chose que je pouvais tenter sans risquer de créer des ennuis supplémentaires à mon père. M. Lifaure m'a raconté comment sa tante avait trouvé l'enveloppe que j'avais réussi à laisser tomber par la fenêtre, avant que mes ravisseurs n'aient l'idée de me faire dormir pratiquement jour et nuit. »

Sophie Radier parlait avec lenteur. Elle semblait triste et fatiguée.

L'entrée de Bruno Lifaure fit diversion. Il serra la main de Michel et salua le colonel avec déférence.

« Savez-vous que tous nos zèbres ont été pris là-bas ? s'écria l'homme. Même leur cuisinière est sous les verrous !

— Mais... où est donc papa ? » demanda Sophie, en se redressant.

M. Lifaure baissa la tête. Il n'avait pas eu le courage d'expliquer à la jeune fille ce qui s'était passé dans la nuit à la villa. La jugeant sans doute mal remise de ses épreuves, il n'avait pas voulu l'accabler.

Comprenant la situation, Michel intervint.

« Il est absent, pour le moment... Une convocation importante... mais il reviendra sans doute ce soir ! dit-il. Vous devriez aller vous reposer en attendant...

— Peut-être bien... J'ai pourtant dormi plus que d'habitude, mais la drogue qu'on m'a donnée continue à produire son effet ! »

La jeune fille gagna sa chambre et s'allongea sur le lit. Peu après elle s'endormait.

M. Lifaure, Michel et le colonel se regardèrent.

« Puisse-t-elle dormir jusqu'à demain matin, dit l'officier. Je doute que son père soit libéré avant ! »

La pétarade d'une motocyclette les attira tous à la fenêtre.

« Voici mon spécialiste, dit le colonel. Cette fois, c'est bien lui ! »

En effet, quelques instants plus tard, un sergent pénétrait dans la pièce :

« Sergent Legouy, à vos ordres, mon colonel !

— Bonjour sergent... Voici un appareil que ce jeune homme a déniché dans de vieilles affaires appartenant au professeur Radier. Il semble que ce soit un enregistreur de sons sur fil d'acier. Etes-vous en mesure de le faire fonctionner afin que nous puissions savoir si l'enregistrement est important ou non ? »

Le sergent prit aussitôt la boîte, l'air ravi.

« J'avais entendu parler de cet ancêtre des magnétophones, mon colonel, mais je ne pensais pas en voir jamais un. Je vais essayer de le faire fonctionner... Sans doute un ampli sera-t-il nécessaire, à moins qu'un poste de radio puisse en tenir lieu !

— Je vous demande de faire le plus vite possible, tout en évitant soigneusement d'effacer l'enregistrement qui se trouve sans doute sur ce fil.

— Comptez sur moi, mon colonel ! »

Le sergent s'installa dans la cuisine, où la grande table lui servit d'établi. Michel trouva passionnant de le regarder travailler, tant l'homme montrait d'efficacité et de passion dans ses gestes.

Cependant, M. Lifaure était retourné à ses occupations non sans avoir fait promettre à Michel de le tenir au courant par téléphone de la suite des événements.

Une heure et demie après l'arrivée du sergent, la table de la cuisine se trouva couverte de fils, d'appareils étranges, et d'un haut-parleur de fortune monté dans une boîte à chaussures.

Michel se rendit compte qu'absorbé par le spectacle, il en avait oublié le sort des jumeaux, de ses amis et du professeur.

« Si le colonel a dit vrai, pensa-t-il pour se rassurer, si la nouvelle que le résultat des travaux de M. Radier est désormais connu suffit à décourager les espions, il y a une chance pour qu'ils soient libérés bientôt ! »

« Voilà, je suis prêt ! dit à ce moment le sergent.

— Eh bien, mon ami, allons-y ! »

Le sergent remonta le ressort du moteur de l'enregistreur. On entendit un grésillement, puis la voix du professeur, rendue nasillarde par la mauvaise qualité du haut-parleur :

« Je sais que je suis menacé par des espions. Je vais donc détruire toutes mes notes après avoir confié le résultat de mes recherches sur la protection individuelle antinucléaire à ce vieux magnétophone...

— Stop ! s'écria le colonel. Cela suffit, le reste est top secret. Rembobinez le fil dévidé, sergent. Bravo pour votre travail ! Enveloppez-moi l'appareil et ses bobines très soigneusement. Je vais faire parvenir le paquet, sous bonne escorte, aux services compétents du ministère de la Recherche scientifique ! »

Puis, ouvrant une fenêtre, il appela l'un de ses adjoints :

« Lieutenant Morin, faites cesser les recherches immédiatement ! »

Visiblement satisfait. Le colonel s'empara

ensuite du téléphone. Il appela les services de radio et de télévision régionaux et nationaux de façon à faire connaître la nouvelle au plus vite : les résultats des recherches du professeur Radier étaient désormais connus et les services compétents français allaient pouvoir mettre en œuvre leur réalisation.

« Cela va faire cesser l'agitation autour de cette maison... et ailleurs », dit-il en raccrochant.

Michel ne quittait pas la fenêtre. Il espérait que le bouclage de la zone donnerait bientôt des résultats.

Le colonel allait quitter la villa lorsqu'une grosse ambulance de l'armée pénétra à son tour dans le jardin. Le cœur serré, Michel se demanda qui était blessé. Mais il vit descendre tour à tour les jumeaux, puis Arthur, Daniel et le professeur Radier. La bonne Mme Limosin descendit la dernière. Tous paraissaient en excellente forme.

Michel se précipita au-dehors. Les jumeaux lui tombèrent dans les bras en riant. Un sous-officier rendit compte au colonel de l'arrestation de la seconde bande d'espions.

« Ils n'ont opposé aucune résistance, déclara le sous-officier. Ils ne s'attendaient visiblement pas que nous découvrions si vite leur retraite ! Je suis certain qu'ils se soupçonnent mutuellement de trahison ou de maladresse.

— En réalité, nous devons leur capture à la perspicacité et à l'intelligence de ce garçon ! » répondit le colonel en désignant Michel.

Le professeur Radier cependant semblait soucieux. Il ignorait encore, visiblement, la libération de sa fille. Lorsque celle-ci parut sur le perron, le visage du savant s'illumina d'une joie incrédule. Le père et la fille se jetèrent dans les bras l'un de l'autre en pleurant de bonheur.

*
* *

La télévision régionale avait envahi le jardin. M. Radier se serait volontiers passé de cette consécration de ses travaux! Il expliqua pourtant qu'au cours de ses recherches dans certains tombeaux antiques, il avait été amené à découvrir un produit naturel abondant dans la nature, lequel produit, combiné à d'autres éléments, serait capable d'assurer une protection efficace contre les radiations nucléaires. C'était là en effet une découverte aux applications civiles et militaires de première importance.

Sophie, Daniel, Arthur et Michel eurent eux aussi à subir une interview. Mais ils s'en échappèrent rapidement pour aller cueillir des cerises. A dire vrai, ils en mangeaient davantage qu'ils n'en mettaient dans les paniers!

« Quand je pense, dit soudain Arthur, que nous étions venus ici pour résoudre l'énigme de la disparition de Louis XVII!

— Elle est résolue! » répliqua Daniel.

Les autres le regardèrent à travers les feuilles.

« Hé oui! Louis XVII mangeait des cerises dans cet arbre, en compagnie des moines qui le protégeaient!»

Les jumeaux éclatèrent de rire en même temps que les autres, mais eux c'était surtout parce qu'ils se voyaient barbouillés de jus de cerise jusqu'aux oreilles.

Lorsque les voitures de la télévision eurent enfin quitté la villa, et que le calme fut revenu, les «grands» allèrent retrouver M. Radier dans le salon.

«Ouf! dit celui-ci, je crois que je vais recommencer à vivre! Je ne respirais plus depuis l'arrivée de ces individus! Quand je pense que Lenvace a éprouvé le besoin d'assommer ce pauvre Desbranches! Il voulait fouiller les vieilleries que j'avais vendues à dessein, pour éloigner d'ici le magnétophone à fil... Ils n'ont pas été très malins! Il est vrai que si les malfaiteurs étaient vraiment intelligents... ils ne seraient pas malfaiteurs! Quel calme! Quel agréable silence!»

Et soudain, tout le monde sursauta! La sirène d'alarme s'était mise à hurler.

Un instant plus tard, les jumeaux apparaissaient un peu penauds.

«C'est nous... dit Marie-France. Nous nous sommes approchés un peu trop près du laboratoire!»

M. Radier sourit.

«Je n'aurais pas dû rebrancher le système de protection, dit-il. Je n'en ai plus besoin, maintenant!»

Mme Limosin vint annoncer que le déjeuner était prêt.

«Et voilà! reprit le savant. On vit des

moments dramatiques, on côtoie des espions internationaux, on déplace des forces de police considérables, et cette bonne Mme Limosin n'en reprend pas moins son travail quotidien, comme si rien ne s'était passé ! »

Après le dîner, Sophie, heureuse de retrouver son père et sa maison, s'installa au salon et tourna le bouton de la radio. A la fin du journal un journaliste déclara :

« Mes chers auditeurs, certains d'entre vous ont pu être surpris, inquiets même, devant le déploiement soudain de forces de police dans la région. Nous sommes à même de vous dire maintenant que c'était en application du plan "Z". Vous avez été les témoins, sans le savoir, d'une des plus vastes chasses à l'espion de ces dernières années. Grâce au sang-froid, au courage et à l'intelligence d'un garçon de quinze ans, Michel Thérais, l'arrestation de deux bandes d'espions a été largement facilitée, et... »

Sans attendre la suite, Sophie et le professeur Radier applaudirent à tout rompre, bientôt imités par Daniel, Arthur et les jumeaux. Michel, très embarrassé par cette manifestation d'estime, ne savait que dire ou faire. A ce moment le téléphone sonna. Arthur se précipita pour répondre et revint bientôt un sourire malicieux aux lèvres.

« Dis, Michel, les gendarmes viennent de téléphoner ! On recherche un dangereux incendiaire qui aurait mis le feu à une grange, à Neuville-sur-Sèze ! Tu ne saurais pas qui c'est, par hasard ? On recherche surtout son complice, un garçon de ton âge, paraît-il ! »

Dupe, un instant, du sérieux de son camarade, Michel finit par éclater de rire. Ce n'était en fait qu'une erreur d'un correspondant qui s'était trompé de numéro, avoua alors Arthur.

Après les heures dramatiques que tous venaient de vivre, la gaieté reprenait le dessus.

« Et tu sais, cet après-midi, nous appliquons le plan “A” ! enchaîna Daniel.

— Le plan “A” ? Que veux-tu dire ?

— Eh bien, “A” comme abbaye, bien sûr ! C'est pour ça, et seulement pour ça que nous sommes venus ici ! » répondit Arthur d'un ton exagérément sérieux.

Ses deux amis sourirent. Une nouvelle aventure les attendait en effet. Une aventure avec un « A » majuscule... comme Archéologie !

IMPRIMÉ EN FRANCE PAR BRODARD ET TAUPIN
Usine de La Flèche, 72200.
Dépôt légal Imp : 6166G-5 – Edit : 3234.
20-07-7571-04-1 – ISBN : 2-01-013556-3.
Loi nº 49-956 du 16 juillet 1949 sur les publications destinées à la jeunesse.
Dépôt : mars 1993.